与名人话青春,静做青春逐梦人

世上没有绝望的处境,只有对处境绝望的人。当你感到悲哀痛苦或困惑迷惘时,最好是去学习,去改变。好的改变才会使你改善处境并立于不败之地。

在希望与失望的决斗中,如果你用勇敢与坚决的双手紧握希望,胜利必属于希望。所以,当你有所懈怠时,应牢记必须不断地努力,不断地奋斗,这样就没有征服不了的东西。

在成功之路上,很多时候我们最大的障碍不是缺少机会,而是缺乏对自己情绪的掌控。当你无法控制自己的情绪时,你的人生往往会因一次次放纵而走向负面。

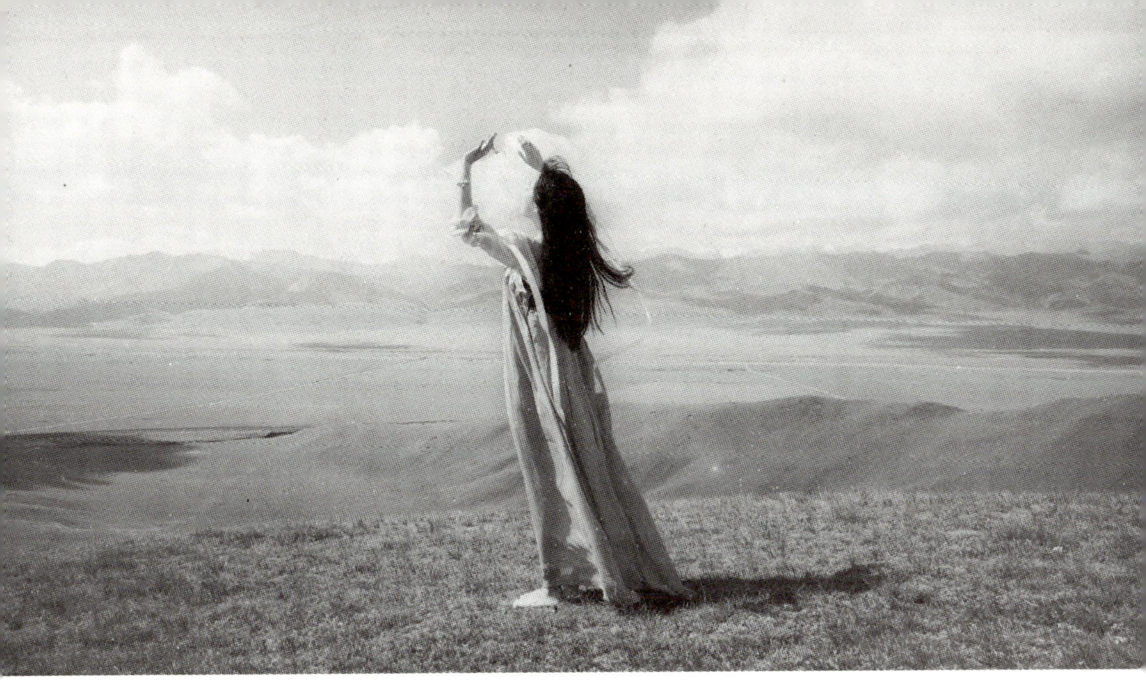

名人
致青春

所有的苦，以后都会笑着说出来

All the hardship is the wealth of life

意林 编

吉林摄影出版社
·长春·

名人致青春
图书在版编目（CIP）数据

所有的苦，以后都会笑着说出来/意林编. -- 长春：
吉林摄影出版社，2016.6
（名人致青春）
ISBN 978-7-5498-2637-7

Ⅰ.①所… Ⅱ.①意… Ⅲ.①故事-作品集-中国-当代 Ⅳ.①I247.8

中国版本图书馆CIP数据核字(2016)第126792号

所有的苦，以后都会笑着说出来
SUOYOU DE KU, YIHOU DOUHUI XIAOZHE SHUO CHULAI

出 版 人	孙洪军	印　数	1~20000册
主　编	顾 平　杜普洲	版　次	2016年6月第1版
责任编辑	施 岚	印　次	2016年6月第1次印刷
总 策 划	徐 晶	出　版	吉林摄影出版社
丛书统筹	吕 娜	发　行	吉林摄影出版社
策划编辑	王征彬	地　址	长春市泰来街1825号
设计总监	资 源		邮　编：130062
封面设计	资 源	电　话	总编办：0431-86012616
美术编辑	张 龙		发行科：0431-86012602
发行总监	李振红	网　址	www.jlsycbs.net
开　本	700mm×1000mm 1/16	经　销	全国各地新华书店
字　数	230千字	印　刷	北京市兆成印刷有限责任公司
印　张	15.25		

书　号	ISBN 978-7-5498-2637-7	定　价	29.80元

版权所有翻印必究
（如发现印装质量问题，请与承印厂联系退换）

关于世界上的另一个我

◇沈奇岚

嘿,你是否和我一样,有时候会想,如果过去的人生的某个环节发生一点点变化,是否现在的自己是另外一个模样?

如果当初学了法语而不是德语,那么我现在是否会在德国?如果当初不是有直升的机会,那么我现在是不是在某个电视台或者某个报社做记者?如果当初遇到的男孩子不是他,那么现在亲吻我的是谁?

关于过去的"如果"是那么神秘,那里是关闭的可能性。就像坐船一样,我在这个码头上了岸,那条叫作"过去"的小船可能会继续向前。我只能眼睁睁地看着它远去。它还能遇见什么风景,还能经历什么奇遇,都和已经上岸的我毫无关联了。

可是我总觉得,那条小船上,有世界上的另外一个我,经历着或许我本该经历的一切。或许她比我先经历我一直在经历的,或许她比我先遇到王子,可是我在我的码头,必须继续走下去,因为决定那时上岸的是我自己。

我的闺密芳,是我大学时代的死党。那时的她,文艺、浪漫、爱旅游,一副闲云野鹤的模样。在她的怂恿下,我曾经和她一起翘课去福州玩。我大学时代就开始给各种杂志写稿,参加各种社团活动。我觉得我将来会是事业狂人,我有勃勃的雄心。

可是看看命运给了我们什么。如今我在德国,整天旅游、烧饭写字,一副闲云野鹤的模样。而芳成了出色的财经记者,每天有见不完的财经界大佬,每个大佬都赞她思维敏捷，企图挖她为自己效力。

我有一阵嫉妒她，那是我要的生活啊，每天有成长有进步，生机勃勃。可她在网上问我最近做了什么，我说去了阿姆斯特丹、柏林、维也纳……她却说，好羡慕你，到处玩，那是她最想做的事情。

我们是否成了对方的世界中的另外一个我？我们都在各自选择的码头上岸，却发现对方去了自己曾经最向往的地方。

不管你是自己决定在某个码头上岸，还是不小心被命运扔在了某个码头，你只能向前走，看看是不是有意外的惊喜等着你，或者意外的荆棘。否则你将一无所得。

听到不止一个人说，我想去流浪，但是那样的话，父母会杀了我的。于是规矩做事做人，开始打拼事业。他或许放弃了那个可能流浪的自己，他可能在之后又突然放下一切开始流浪。此间得失难料，从来，冷暖自知。

你在你不适应的那个码头，虽然一切不顺利，但是还要继续走，哪怕只是穿越过一片荒地，至少你为自己披荆斩棘，锻炼了臂力。

真是太好了，亲爱的，有选择权是我们最大的幸福。只是每个选择都要付出代价，就是放弃世界上的另外一个我。

你在众多的可能性中被动或者主动地选择了这个，那么你就要完成它。这块荒地是你的，你可以探险，可以开拓，也可以放弃，但是放弃之前，请一定要细细踏遍每一寸土地。你站着不动，整天想象世界上的另外一个自己，只会一无所获。

没错，世界上的另外一种可能性永远存在。世界上的另外一个我永远都在呼唤着这个我。在我们奔向那个可能性之前，我们必须把这个我做好。我们在每一个当下都要对得起自己。你也是，要想明白，听从内心，然后选择，走到底。

嘿，世界上的另外一个我，如果我和你告别，请不要思念我。

我在这里，一切都好。

祝：快乐，心安。

目 录 Contents

掌控好情绪,别让人生输给了坏心情

苦难与欢愉,都是平等的际遇　罗　曦/002

假托于心理问题　李松蔚/004

生活没有现成的解题公式　谭洪岗/006

优质普通人　李筱懿/009

倒霉的幸运者　李　翔/012

这世界没有人不曾受伤　[加拿大]陆蔚青/015

你需要的是信仰,不是西藏　K-shot下午茶/017

重生的酒窝　[新加坡]尤　今/019

不畏惧好的人生　韩松落/022

鱼骨头　沈东子/024

高处是我的弱项　[日]村上春树　译/施小炜/026

我已经死了　陈　坤/028

不与人比,不与己比　李银河/030

世界的模样在于你凝视它的目光　[德]叔本华　译/李　琰/031

世间没有不好的东西　夏丏尊/032

在任何一种生活里都能找到幸福　金　星/034

内心安详,从不荒凉　王　蒙/036

# 摆脱纠结，从心明确自己所为何来

040 ／［美］马克·扎克伯格 译／依 明 有什么样的内心就有什么样的世界

043 ／慧 意 种因得果

045 ／李 帆 伪装外向

047 ／林清玄 主人蒸黍未熟

049 ／艾明雅 万一过不上想要的生活

052 ／煅 煜 就像没有明天那样生活的智者和愚者

054 ／袁苡程 谜一样的人生

058 ／Mr.6 住进医院，才知道自己要什么

061 ／唐辛子 一人活

063 ／［美］马拉·阿特曼 译／韦盖利 一个临终导乐的自述

067 ／［美］小川未明 译／李 佩 忍耐富贵

068 ／汤贵成 张之洞的"三不争"

070 ／杜 藤 唉，文科生

072 ／［新加坡］尤 今 好好地做一只橘子

075 ／陈卫卫 生活画趣

目 录 Contents

提高心智力，成就意想不到的自己

去罗马的路　麦　家／078
怨天尤人难翻身　吴淡如／080
和自己好好相处　杨　照／082
棒喝自己　黄亚洲／084
苦肉计　张立宪／087
宝贝　林清玄／089
与你合谋害人者，也会害你　桃子大人／091
用柔软的力量去改变　林志玲／093
请给你的肉体以尊严　[韩]张英姬　译／沈　潼／095
物的尊严　林少华／097
最美好的承担　张曼娟／099
生命之门　倪　西／101
错误习惯也能成自然　张　勇／103
富人的自我控制　陈凤兰／105
最重要的生活三问　张明帅／107

永远不服输，总有办法赢得了未来

110 / 莫　峻　　只愿世界不再与你为敌

112 / 达达令　　为什么你总是害怕来不及

116 / 吴晓波　　我的偶像李普曼

119 / [美]保罗·卡兰斯　译/尹　名　我将死去，但仍前行

123 / 胡晓鸣　　只要在前行，暂时的输又何妨

125 / 于　丹　　炼狱磨心

127 / Mr.6　　人生就像高尔夫，慢慢打一定会入洞

129 / 毒舌奶奶　如何做到懒且高效

131 / 严文华　　较真儿的曼妮卡

134 / 辉姑娘　　惊涛拍岸的人生

136 / 庞　磾　　冒险一百天

138 / 乔　叶　　黑暗出发，光明登顶

140 / 夜未央　　越努力，越幸运

143 / 金兰都　　人生的海因里希法则

145 / 李筱懿　　走得远的，都是自愈能力很强的人

147 / 智　缘　　所谓极致的忍耐

目 录 Contents

慢下来走，一切才会有最好的安排

选择的自由一直在你手里　谭洪岗／150

最苦的是在功利境界的人　六　六／153

过一种有审美的生活　晚　睡／155

人生那么长，停一下又何妨　井柏然／159

生命不只是使用，还需要奖励　白岩松／162

能屈能伸的物质享受　吴淡如／164

生活不贵，欲望很贵　子　沫／166

没有谁比你更爱你自己　辉姑娘／168

云在青天水在瓶　亦　舒／170

那些隐于市的聪明人　马　曳／172

不问"为何"问"如何"　[新加坡]尤　今／174

法国人只需十件衣　唐辛子／176

深山咖啡店　绿骑士／178

寂静会滋养我们的灵魂　高　峰／182

删繁　李　娟／184

时间才是最大的奢侈　阿　眉／186

如何安心　杨　健／188

 **收获幸福，有时你要和世界不一样**

192 / 文　子　人生的遗憾是随波逐流

194 / 蒋　勋　什么是福分

196 / 海　伦　的哥西蒙的幸福生活

198 / 张德芬　不幸福是因为你活得太"理所当然"

200 / [日]大江健三郎　译／徐金龙　关切的眼神和好奇心

203 / 侯文咏　樱桃的滋味

205 / 辉姑娘　人生如戏，请给我好一点儿的演技

208 / 谢宁远　告别应在晴暖好天气

210 / 林采宣　所有权让人为奴

212 / 阿　简　给亲情留出一条缝儿

214 / 贾平凹　人为什么都不肯死

217 / 沈奇岚　皇后的命运

220 / 唐辛子　宇野千代的人生幸福论

223 / 倪　涛　餐馆里的哲理课

225 / 张小娴　幸福的境界

226 / 刘　墉　你要学会看见爱

掌控好情绪，别让人生输给了坏心情

如果你对周遭很多事物都抱怨连连，那是你的感受造成的，并非事物本身导致的。在成功之路上，很多时候我们最大的障碍不是缺少机会，而是缺乏对自己情绪的掌控。当你无法控制自己的情绪时，你的人生往往会因一次次放纵而走向负面。

苦难与欢愉，都是平等的际遇

◇罗　曦

哈他瑜伽里有一个非常实用的调息与冥想体式，叫全莲花坐。

说起来很简单，只需挺直腰背坐着，将左脚放在右大腿根部，脚跟抵住右侧小腹，然后将右脚脚心向天，尽量放在左大腿根部，脚跟抵住左侧小腹，双膝贴向地面即可，两脚的位置还可互换。

但初做这个动作时，两脚的脚踝和膝盖处会有比较强烈的疼痛感，很多人刚把脚掰到小腹旁边就因无法忍受这种疼痛而放弃，或者退而求其次选择半莲花坐。我也放弃过很多次，偶尔能坚持几分钟也是把注意力转移到其他部位。

直到有一回，我决定尝试着与这种痛感相处，不去抵抗，也不逃避，闭上眼睛静静地感受脚踝处的酸痛，保持呼吸的深厚缓慢。

慢慢地，内心自然而然浮动出一种感觉，好像我的呼吸不是由肺部和呼吸道完成的，而是由脚踝和膝盖完成的一样。

换言之，我感觉到疼痛的部位在自由呼吸，像是所有的关节都在随着这种悠长的节奏缓慢起伏，从前无法忍受的疼痛感渐渐退出，取而代之的是这两个部位在逐渐向上生长，就像春天刚钻出泥土的嫩芽第一次展开叶片要向着广阔的蓝天伸个懒腰一样。

那次冥想一直持续了半个多小时，当我从其中出来的时候，我明白了怎样心平气和地与疼痛相处。

心理学者武志红在他的一本书中提到过，当你出现某种负面情绪时，不要试图去抵抗或逃避，最好的办法是尊重这种情绪的存在，允许它在心中涌动，让自己沉浸在这份情绪里也无妨，慢慢地，你能够解读到情绪背后的信息，当你完全了解为什么会出现这种情绪以后，它就会逐渐消融，转变成对自己更深层次的理解。

我的一个朋友，总喜欢隔三岔五向我推销一些励志名言、成功学金句，或者实在词穷，也会隔几天就没来由地在聊天平台上给我留一句"加油"之类的鼓励语，我常戏称他在试图给我"打鸡血"。

我们有过比较深刻的交流，彼此倾诉过生活中的苦难和压力，我明白他为什么要给我"打鸡血"。因为他对付压力的方式就是抵抗，与苦难抗争，并希望最终战胜苦难。而要长时间保持这种抗争精神不至于懈怠，又要维持自己的行动不至于懒散并不是一件容易的事情。所以他非常需要被励志、被鼓励、被感动这类强烈的情绪刺激。

他希望我也和他一样能够战胜生活中的苦难，因此总是好心地、隔三岔五地给我"打鸡血"。每当这个时候我就知道，需要精神激励的人不是我，而是他。

我并不把压力当作敌人，它们和生活中的其他元素一样，没有贵贱之分，来之要心安，去了也不必激动，心平气和地与压力相处，不急躁也不逃避，做出的努力不是为了与压力抗争，而是像呼吸一样保持生命的自然状态。

就像把疼痛和舒适当作平等的感受一样，把苦难和欢愉也当作平等的际遇，学会与之相处时，才能用一颗平常心来安放这些原本就再平常不过的情绪。

假托于心理问题

◇李松蔚

一个年轻人下了很大功夫约到我的时间。他说:"我一定要来问一问你,我觉得如果再不解决我的心理问题,我的人生就要进入死胡同了。"

我问他是什么问题。他说:"我想换个工作,但是完全找不到方向。"

他跟我抱怨现在这份工作。虽然赚钱不少,但是加班多,吃的是青春饭,总不能一辈子这样下去。最近感觉身体素质大不如前,但是又没有健身的时间。别说健身了,想看两本书,都从年初一直拖到年末。可是不看书又不行,如果要跳到别的行业,总要积累一点儿基础知识。找不到时间提升自己,换工作想必也是不容易的,然而手头这份工作已经让自己疲于应付了……

我听得一头雾水:"所以你的问题是时间问题,不是心理问题?"

那样的话,先辞掉这份工作呗!我心里嘀咕。

这位来访者立刻摇头:"其实也不是一点儿时间都没有。比如晚上躺在床上,其实是可以看书的,但我都拿去玩手机了。看新闻、看朋友圈,有时候一看就是三四个钟头,你说每天都浪费这么多时间,一年就是几百个小时,够看多少本书?其实我是可以白天工作,晚上做知识储备的。嗯,还是心理问题。"

他说得也不错,但我总觉得哪里怪怪的。我问:"你想做哪方面的知识储备?"

他叹了口气:"说到这个,其实我也没想好。"

"你没想好?"我有点儿意外,"那你想躺在床上看书,看的是什么书?"

"就是因为没想好该看什么书,才玩手机的嘛,"来访者抓了抓头发,"不同方向的书都买了一点儿,但是要选一本来读的时候,就没办法了。因为我不知道要换到哪个行业去。我这个是不是叫选择恐惧症啊?应该怎么治?"

"你想换一个行业,但是不知道换到哪个行业去?"

"是啊,"说到转行的事,来访者有了精神,"传统行业我就不考虑了,现在互联网才是大势所趋。但我做什么呢?做技术吧,专业不对口,以前的工作经历也用不上。做市场,我的性格又不是很适合。做运营我倒是想过,就是要花很多时间,生活没法和工作划开界限……"

我越发糊涂了:"所以你是需要做一些职业生涯方面的探索?"

如果只是职业发展方面的困惑,为什么他来做心理咨询?我在职场方面并不是专家,社会经验也有限得很。我无法预测他将来从事哪一个行业,才能像他所期待的那样,少走弯路,快速进步,早日过上想要的生活。最重要的是,这个世界恐怕也并不存在一个算命师,能把他未来的发展讲明。

"我觉得不是职业方面的事,我还是有点儿别的什么问题,应该是心理问题。"来访者说,"不然,为什么别人想换工作,轻轻松松就换了呢?"

"那你觉得这个问题是什么呢?"

来访者摇头:"不知道,我就是希望您告诉我到底是什么问题。"

他不知道他有什么问题,他只知道自己的生活需要发生点儿改变。之所以不能改变,他相信原因在于他有"心理问题"。这句话的潜台词就是,只有等"心理问题"改变了,他的生活才会改变。在此之前,做什么都是没用的。这样一来,就可以心安理得地安于现状,把全部精力用来对付他的"心理问题"——他是对的,他可能是有"心理问题",这个问题就是用生活当中的一切不如意去证明自己有心理问题,再把这些不如意,假托于心理问题。

生活没有现成的解题公式

◇谭洪岗

彼得·潘，是小飞侠童话故事里不愿长大的小男孩。不愿长大，是想留住孩童的纯真与无忧无虑，唯恐一旦进入成年人的世界，便会失去纯净无瑕的童心。

生活在现实世界，迟早要经历长大成人的过程，只不过多数人是磕磕绊绊逐渐长大的。韩国电影《彼得·潘公式》里，男主角韩修却因遇到突发变故而迅速长大。读高三的韩修是学校里的游泳好手，有潜力，有前途，他的生活原本简单无忧，在海滨小城跟妈妈相依为命。然而，妈妈忽然服毒自尽，遗书里说自己内心痛苦空虚，实在支撑不下去了。自杀未遂的妈妈躺在医院昏迷不醒。韩修一夜之间成了一家之主。有债主登门逼债，还骂他"私生子"。他按妈妈遗书上的地址找到了亲生父亲，可生父有自己的生活，不愿与韩修相认。

短短几个月发生这么多事，对于一个十八九岁、还没完全长大的男孩子来说，的确太残酷了。不过细看韩修的反应，你会发现，每个人都能承担自己的命运。内心的力量能否展现，取决于你肯不肯及早面对。

遇到突如其来的变化，韩修也会震惊、不适应。在医院里陪着昏迷的妈妈说话、照顾她时，或许他心里也盼望这一切没有发生，盼望奇迹出现，妈妈明天就会醒过来，回到以前的生活。然而，不管是否情愿，他还是迅速放弃了游泳比赛，考虑退学；为了挣一点儿钱到码头打工……在行动上，先尽力去撑起

这个小家。

那是世事奇妙的一面。变故来临时，你若只是哀叹人生残酷，苦苦思索为什么会是我，质问上天这样的灾难为什么会砸在我的头上，一边想不通，一边拼命退缩到角落哭泣……所有这些躲闪逃避，只会令你认定世界不安全，你所拼命抗拒的世事无常，也会更加如影随形。相反，如果你不浪费时间逃避，只是迎难而上、尽力面对，那么，压不垮你的一切都可以让你变得更强大——因为，每个人内在所蕴藏的潜力之大，超乎我们自己的想象。

十几岁的少年，仍留着儿童时期的稚嫩，不是那么容易就能挑起生活重担的。韩修去寻找生父时，多少会盼望有人帮他分担，向往从未在他生活中露过面的父亲，能像个真正的爸爸那样，帮他遮风挡雨。然而，当他明白生父的态度，青少年身上那股血气方刚的倔强不服输，立刻被怒火点燃。他当面烧掉了证实两个人血缘关系的亲子鉴定，头也不回地转身离去。

韩修没有抱怨他的青春为何这样残酷。这段旋风一样变幻的日子里，只有在年长他许多的女邻居身上，他能感受到母性的温柔，暂时忘记妈妈生死未卜的悲伤迷茫。然而女邻居的家人婉转地提醒了他，韩修自己也知道这段感情不宜维系下去，遂毅然放弃。即便那伤心悲痛令他在海滨游泳时险些溺水。

内心脆弱时有意无意寻找精神上的依托，喜欢上近邻，这可以在任何年龄段的人身上出现。明白感情不可持续时断然放下，那是心智正在走向成熟的标志。

一次又一次找寻，一次又一次受挫，并不表示人生苦难重重。一条路没有走通，有时只意味着，这条路本来就无法通往你要的幸福，这条路原本就承载不起你真正的心愿，越早认清此路不通，你越有机会掉头，去寻找真正能走通的路。

曾读过一则寓言，一位国王想找一句最有哲理的话刻在戒指上，来时刻提醒自己清醒地活着。全国最聪明、最有思想的臣民们，最终找出的那句话是：这也会过去。是的，富贵贫穷、顺境逆境，一切变化和经历都会过去，当你有一分清醒能够承载，那么，什么样的经历都无法阻挡蓬勃的生命力绽放开来。

无论年少的韩修是否能想得明白，片尾，当他像鱼一样在海里灵活游动时，必定亲身感受到了与大海融为一体的安心。在海边畅游几个小时后，郁积许久的压力全都被释放掉，交给了大海……当一个善泳者能感受到大海的广阔和无限，进而让那份无限感、开阔感融入内心，那还有什么生活变化会承载不了呢？

心宽时，出路自然变广。我们并非只能在童年的纯真和成人的圆滑世故中二选一。真正的成长，可以既有孩子的纯真纯粹，又有成人的负责与担当。当你停止抱怨生活的不如意，拿出勇气直面时，才会知道，那都是为了成就你而来的。

优质普通人

◇李筱懿

我的助手张方是个1989年出生的姑娘,她做了很多让我刮目相看的小事。

有一次我发高烧,医生让验血,她陪我在抽血处拿号等待。

我烧得迷迷糊糊地歪在椅子里,她在几个窗口来回溜达,回来笑眯眯地说:"咱在8号窗口抽血,保证一点儿都不疼。"我烧得连问为什么的劲儿都没有了,默默看着她张罗。

果然,像我这样晕针晕血的人都丝毫感觉不到针头扎进血管的疼痛,我好奇得有点儿清醒了,问她:"你怎么知道8号窗口的医生技术好?"她得意地笑:"我转悠了几圈,上午这么多孩子来抽血,其他窗口的小孩儿都大哭大闹,9号窗口哭得最厉害,只有8号窗口,即使一两岁的孩子都安安静静的,肯定是医生技术好啦。"简单的判断却让我心服口服。

她经常给客户送各种资料并带回回执函,这项工作琐碎而辛苦,客户们分散在城市各个区域,她每次出门前都在纸上列好顺序:第一家,A,地址××;第二家,B,地址××;第三家,C,地址××……

所以,就算有三家客户,一个上午的时间她也能全部搞定,中午准时出现在办公室做下午的工作计划。我问她效率怎么这么高,她说,算好公交路线和拥堵情况,规划一条最近最畅通的路线,公交车和的士并用,提高效率的同时

也节省成本。她这种普通、高效、踏实的态度让我另眼相看。

她负责公众号版面编排与发稿,有一天,她吞吞吐吐给我打电话:"我做了件错事,我想尝试一项排版新功能,可能不小心按错了键,删除了四天的公众号内容,我尝试挽回但是已经无法恢复了,这是我的责任,我愿意负责。"开始,她语气忐忑,说到后来,反而壮士断腕般利落。

我对无法恢复的内容心痛了片刻,但很快释然了——多少人能够坦承工作失误,主动尝试解决并且承担责任?这些错误与这份态度相比,算不上什么,更何况是尝试性的失误。

她极少和我聊愿景、梦想、个人规划之类形而上的东西。可是,这个不是名校毕业、没有背景、从未被任何高端机构录用过的姑娘,却修正并且丰富了我的职场观与生活观:无论工作还是生活,我们都需要优质普通人。

曾经,我特别信奉职场精英理论,觉得只有名校毕业、在500强工作过、接受过"时间管理""沟通技巧""团队合作"等职业培训的精英,才能出色地胜任岗位,可是,看过很多华而不实光说不练的"骨干"之后,我发现职业技巧、工作背景在责任心面前全部不堪一击,扣除每年难得出现几次的所谓"大事件",

绝大多数人的职场都由点滴琐事和重复性劳动组成，愿不愿意踏实尽到一名普通员工的责任和本分，决定了工作质量。

我也曾很相信生活精英的概念，认为社会摆出的"人生大赢家"的图景多么诱人，后来见识了很多脆弱的精英才意识到，所谓美好的蓝图更多地表现在物质上：消费高于他人，换辆好车，住在高档社区……促使他们不断向上的动力不是"事业心"，而是"成功欲"，是把自己与芸芸大众隔离开的优越感。

可是，在成功学的激励下，每个人都想去闯一闯出类拔萃的独木桥，做精英的路变得太窄太拥堵。在这样的对比中，关爱家人、对职责上心、对许过的诺言守信的优质普通人反而显得特别可贵。

他们看起来对职业没有多大期望，只是尽心尽力照顾好自己面前那一摊，可是正因为志向不宏大，反而容易做得周全，不至于顾此失彼焦头烂额，也更容易达到标准，得到认可。

他们对生活品质的要求没有多精细，却更容易被满足，一不小心，就获得了手边的幸福。

实际上，不管最终的目标多么远大，大家最开始的出发点，只不过是为了生活得好点儿。于是，优质普通人的优势便显现出来，他们不是庸碌，而是温和的优秀，他们从不咄咄逼人，总是带着暖暖的厚道。他们无法成为报纸、电视、网络宣传的主角，却安安稳稳地过着自己的美满生活。

所以，做个优质普通人并不容易，甚至，这是一个所谓合格精英真正的起点。至少，与空洞的鸡汤相比，她清楚在8号窗口抽血不疼的生活智慧。

倒霉的幸运者

◇李 翔

历史上第一位伟大的记录者希罗多德，在《历史》中为我们讲述了一个倒霉的幸运者的故事。

这个幸运者名叫波律克拉铁斯，是希腊岛屿萨摩斯的统治者。他拥有一支100艘50桨船的舰队，有1000名弓箭手。他在当时希腊的众多城邦中赫赫有名，原因是好运总在眷顾他，让他在很多攻占岛屿的战役中战无不胜。

他的朋友埃及国王阿玛西斯注意到了波律克拉铁斯的好运。阿玛西斯为之感到不安。因此，他写了封信给波律克拉铁斯，信中说："听说我的一个朋友和贵邦关系融洽，我很高兴；但贵邦超乎寻常的繁荣，并不能使我感到高兴。因为我深知诸神是多么爱嫉妒。我希望，我自己以及我的朋友们，既有获得成功的时候，也有遭遇挫折的时候。这样，我情愿他度过一个成败荣辱相互交错的生涯，而不愿让他度过一个好运陪伴终生的生涯。迄今为止，我听说，还从来没有人一生是万事顺遂的，他最后总是要遇到灾难，结果是一败涂地。"

他给波律克拉铁斯的建议是："想一想，你认为你的财宝中哪一样是最珍贵的，什么东西是你最舍不得丢弃的。不管它是什么，都要把它抛弃，要确保它将永远从人们的视线中消失。如果在这之后，你的成功仍然不和挫折交相出现的话，那么为使自己免遭伤害，就按照我劝告你的办法再试一次吧。"

波律克拉铁斯认真考虑了埃及国王的建议，认为有道理。于是，他遵从阿玛西斯的话，找出自己最心爱的一样东西：他总是戴在手上的一枚镶嵌着绿宝石的黄金指环。他搭上自己舰船中的一艘，跟着船员们出海，航行很远之后，摘下指环，将其抛到大海深处。

但是好运不肯放过波律克拉铁斯。6天之后，萨摩斯岛的一名渔夫在海上捕捉到一条又大又好看的鱼。因为这条鱼实在太特别，他决定将这条鱼赠送给自己的统治者波律克拉铁斯。波律克拉铁斯非常高兴，还要请渔夫共进晚餐，享用这条又大又好看的鱼。结果，在鱼腹中，仆人们发现了波律克拉铁斯丢弃的那枚黄金指环。

波律克拉铁斯写了一封信，告诉埃及国王阿玛西斯事情的经过，将之归结为神的旨意。阿玛西斯读了信之后，得出结论："像波律克拉铁斯这样的人，必定是要遭遇悲惨下场的。因为他事事顺遂，甚至连自己抛弃的东西都找得回来。"阿玛西斯派遣使者，到萨摩斯去解除了同波律克拉铁斯的友好条约。他这么做的理由是：一旦巨大的不幸降临到波律克拉铁斯身上，他由于不再是其盟友，就不会感到痛心。

波律克拉铁斯是一位雄才大略的国王。希罗多德说，他是全人类中第一个力图建立海上霸权的人，他的构想，此前还没有哪一个希腊人曾经想过。

有一个名叫奥罗伊特斯的波斯人，被波斯帝王居鲁士指定为萨迪斯的总督。萨迪斯紧邻波律克拉铁斯统治着的萨摩斯岛。另外一个波斯总督同奥罗伊特斯发生争吵时，曾经指责他说："你简直枉为一个男子汉大丈夫，萨摩斯岛和你的辖区近在咫尺，既然是那么容易被征服的一个海岛，你什么时候才能把它置于国王的统治下呢？"

奥罗伊特斯因此萌生了要诛杀波律克拉铁斯的念头。

他筹划了一个计谋。奥罗伊特斯利用波律克拉铁斯想要统治海洋的梦想，写信给他说："我听说你有干一番大事业的想法，但是你没有足够的金钱来实现你的目标。"接下来的话就是骗子对想要发财的人们常说的话。奥罗伊特斯称自己有大量的财富，同时自己又身陷困境，因为波斯国王想要杀害他。他求助于波律克拉铁斯,如果波律克拉铁斯可以帮他逃脱,就可以和他分享巨额财富。他甚至说,如果波律克拉铁斯不相信他有那么多钱,可以派人来看一看。

奥罗伊特斯准备了8个箱子,在里面装满石头,在石头表面铺上一层黄金。就这样,他骗过了波律克拉铁斯的使者——这个国王真的派人去看奥罗伊特斯是不是有那么多钱!波律克拉铁斯就这样上钩了。在去之前,波律克拉铁斯的女儿苦苦劝阻。因为她做了一个梦,梦里,她的父亲被高高悬挂在空中,宙斯在洗他的身体,太阳神在给他涂油膏。

但贪婪和统治海洋的欲望让波律克拉铁斯听不进去任何劝告,他还是带着随从出发了。结果,他一到奥罗伊特斯指定的地方,就被谋杀了。希罗多德说:"奥罗伊特斯杀害波律克拉铁斯的方式和细节,是不适合在这里讲述的。"他感慨的是,"他的这个结局与他本人的地位以及远大抱负是不相称的"。

他女儿的梦应验了。波律克拉铁斯被悬挂在十字架上,下雨的时候,相当于宙斯在为他洗浴;他身上渗出油脂的时候,相当于太阳神在给他涂油膏。埃及国王阿玛西斯的预言也变成了现实。"随着时间的推移,好运不断的波律克拉铁斯的下场就是如此。"

这个故事的寓意在希罗多德的笔下曾反复出现:没有永恒不变的幸运,大的繁荣必然伴随着更大的衰败,以及人应该在幸运和繁荣面前永远保持谦逊。

这世界没有人不曾受伤

◇ ［加拿大］陆蔚青

深秋季节，有一天我走在河边，居然邂逅了一种棕色、浑圆的梨。这个邂逅让我惊喜交加，因为这种梨太像我童年时在故国北方常吃的花盖梨了。

那时的黄昏结束得早，夜色早早就降临了。吃过晚饭，母亲穿着一件浅蓝色的对襟毛线衣，一边洗碗一边对我说："去暖梨吧。"暖梨，就是把放在小仓房的冻梨拿出来，让它们化开，作为我们餐后的零食。

我便跑出去，一边跑一边听到母亲在身后喊："穿上棉袄。等会儿生病了，又要打针吃药。"每次我都只穿一件毛线衣，在母亲的嘱咐声中跑得飞快。母亲的话天天讲，对我来说就好像游戏。

花盖梨比白梨小很多，却是浑圆的，躲在小仓房的角落里，一个个冻得生硬结实，一不小心就滚落一地。我小心翼翼地把它们放在白瓷盆里，一个个码好，然后把冷水浇在上面。冷水浇在冻梨上，冻梨立马发出欢快的声音，好像在回应水的到来。

没多久，梨们就因为冰而结成了一体，像一块冰排一样，慢慢浮起来。它们一边向上浮，一边发出不断生成又不断碎裂的声音，好像北极熊踩在雪地上。梨，那棕色、浑圆的梨，一个个埋在透明的冰中，好像一粒粒待发芽的种子，又好像某种活化石，颇有一番冰肌玉肤的诗意。

我曾问过母亲，为什么暖梨不用热水，而用冷水？用了冷水，怎么还叫暖梨？母亲说，在雪地中，如果有人冻僵了，第一要紧的，不是把他放在暖处，而是用雪搓，用力地搓，直到冻得僵白的皮肤隐隐现出血色，这人才算救活了。如果把他放在暖处，体外气温高，冷气会一直向里走，这人就没命了。而用雪搓冻僵的身体，冷气会一直向外走，体内温暖了，人才能活过来。

暖梨，也是这样的道理。

如今，我还记得那甘甜的美味——梨子在被冰水暖过来之后，消尽表面的坚硬，变成一个柔软的果实，你只消在那温厚的皮上咬一小口，轻轻一吸，清冽、甘甜的梨汁就会滑入心底。这是秋日丰润的果实，这是大地精神的复活，这是暖的精神。

这"暖"字，其实有冷的含义在里面呢，我想。这世间，辩证的道理处处可见。

几十年后，我漂洋过海，远赴异乡。当我被世俗的生活冻得生疼的时候，温暖我的，是清冷流淌的岁月之河。这世界没有人不曾受伤，阳光有多么明亮，阴影就有多么黯淡；树长得多么挺拔，根就会有多么弯曲。我们生活在俗世之中，吸纳着、消融着、幸福着，也痛苦着。这些，都是人生常态。

所以，不必惧怕寒冷，也不必惧怕阴影。暖就在冷的身边，正如美就在丑的身边。通过冷，我们可以走向暖，它们相互依存，又相互转化，而我们的生活亦如春江之水，冷暖自知。这就好像，一个梨子由花蕾长成果实，再由青涩的果实变成冬储的冻梨，让它复活过来的，是清冽的冷水。而杭白菊，却在滚开的热水中上下翻卷，重现前世生命的优柔与华美。暖与冷，要看世间的造化。

你需要的是信仰，不是西藏

◇K-shot 下午茶

前几天见了一个朋友，聊起了西藏。他说："我特别想去趟西藏。现世江湖混得我特别累，相信去了西藏，一定能找到一种超脱。"我大笑道："哥们儿，别去了。没用！"

很多人喜欢把旅行当作救命稻草，可谁知"救命稻草"这个词本身就是个谬论。传说它的出处有二：一是说一个人溺水了，抓到了一根稻草，意念上觉得是抓到了陆地，就靠意志游到岸边活了下来；二是说那个人靠着稻草的空心呼吸，最终等到了他人的营救。不论哪个，时间长了都活不了。旅行，其实也只是给了你思考人生的时间罢了，改变不了命运。

我承认，我是一个有西藏情结的人。从很小很小的时候开始，登上珠穆朗玛峰就成了我的终极梦想，到现在我也一直认为，死也要死在珠峰上，给后人做路标都好。一年前，我也和我那个哥们儿一样，深信西藏是世间最后一片净土。去过西藏之后，我坚信西藏拯救不了谁。可是，我却更爱西藏了。

西藏，是天堂也是地狱。

过了唐古拉山脉，看见雪山的一刹那，我欣喜若狂。天是那么蓝，云是那么白，水是那么清澈，这不就是天堂吗？拉萨河的日落，珠峰的星空，羊湖的妖娆，山南河岸里的沙洲……睁着眼睛的时候，让你不能不相信这里就是天堂。

那些深信西藏是天堂的人，往往都是外人。他们来了，走了，看到了美景，膜拜了神明，就够了。

我很幸运，跟我一起去珠峰的人中有一群援藏的医生，跟他们攀谈后，我开始相信西藏也是地狱。由于长期缺氧，心脏承受很大的负担，西藏当地人的平均寿命比低海拔地区的人要短。由于交通不便，物资严重缺乏，很多人生了病，却没有医生、没有药来医。

我们在卡若拉冰川的时候遇到了两个小姑娘，她们过来问我说："阿姨，你们能不能把冬天不穿的衣服寄给我们？我们这里买不到好的衣服。"

我总觉得西藏，是神用来测试众生的地方。因为身处苦难，你才会去相信；因为相信，才会满足感恩；因为感恩，才终究能和心魔和平相处，从而幸福。

西藏既是净土，也是俗世。

很多人相信西藏是净土，是因为这里的信众。他们对神虔诚的信仰，在某个瞬间总能影响你，让你也有片刻相信希望。我住的客栈就在大昭寺旁，早晚没事的时候，我喜欢去八廓街坐着，看藏族群众转寺。有的藏族群众跋山涉水而来，磕等身长头，一步一步都转得很认真，但更多的人，跟例行公事一样走得很快，跟朋友聊着天，十分钟转完了赶快去上班。

最近在大学社团的群里看到很多小孩儿毕业不到一年就在考虑"间隔年"，说是工作太累了或者觉得生活状态不是自己想要的，所以想出去走走。我在旅途中遇到过很多这样的年轻人，可是他们回来两三年后，该找不着工作还是找不着工作，该没有方向还是没有方向。

对于迷失自我的人，旅行能够给予的，只是逃开旋涡，获得暂时的平静和更多的思考时间，并不是解决问题的根本方式。

就像你遗失了灵魂的时候，你需要的是信仰，不是西藏。

重生的酒窝

◇［新加坡］尤　今

　　三舅退休之前，在怡保一家报社担任总经理。六十岁退休之时，精神矍铄，身子壮硕如牛。他酷爱户外活动，每天定时外出打羽毛球、打壁球、游泳、跑步，精力旺盛得连小伙子也自叹弗如。

　　他与我的母亲手足情深，不时到新加坡小住，共叙姐弟情。我去探望他，几里之外，都可以听到他爽朗的笑声。他最喜欢约我那比他年轻了三十岁的弟弟共打羽毛球，几个回合下来，弟弟气喘如牛，他却面不改色，大有"气吞山河"之势。不过，有好几个晚上，大家围在厅里观看电视节目时，他却待在房间里，以药油猛擦背脊。母亲担心他运动过度，伤了身子，劝他稍作收敛，但是，他全然不当一回事，笑嘻嘻地应道："我呀，可以打老虎呢！"

　　前年四月，惊闻他被紧急送进了医院。原来他背脊剧痛难当，进入盥洗室时，又不慎跌了一跤，趴地不起，送入医院，X光照片显示，他背部脊椎骨两旁，全都是淤积多时的毒脓。于是，便又以救护车紧急送往吉隆坡医院，开刀治疗，性命虽保，终身瘫痪。

　　明明是个生龙活虎的人，怎么转瞬之间便寸步难行了呢？莫说当事人，就连我们，都觉得这是个难以承受的巨大打击。

　　医院，成了他暂时寄居的家。

我偕同家人到吉隆坡医院探望他的那一天，忐忑不安，对于一颗支离破碎的心，我该用什么语言去进行缀补呢？

一踏进病房，我便吓了一大跳。留院才半年，他便已苍老得难以辨认。原本旋转在丰腴脸颊上那两个肥圆而饱满的大酒窝，变成了两个凹陷的小黑洞；皱纹呢，"落井下石"地爬满了脸。看到我们，意外的惊喜使他黯淡的眸子像骤然添了炭块的火炉一样，倏地发亮。

全然出乎意料，在我们逗留于病房的那一个多小时里，三舅没有片言只语谈及他的病，更不哀诉他心境的黯淡或是生活的痛苦，反之，他没事人般地与我们闲话家常，语气平和，只是临别时，他突然说道："过去，我没理会身体对我发出的警告，才铸成了今日弥补不了的大遗憾。从今以后，我再也不能与你们一起打球了，真可惜呀！"曳在空气里的语音，有些许颤抖。大家鱼贯走出病房后，我转身关门，无意中瞥见他紧紧地咬着下唇，脸上蜿蜒地爬着两道晶亮的泪痕。啊，心境被可怖的病魔啃噬得窟窿处处的三舅，必须持着多大的勇气和耐力，才能不在他人面前流露出任何被生活挫败了的悲伤啊！但是，正是这份勇气和耐力，使他支撑着自己，努力站起来。

在医院待了一段日子后，在他的坚持下，家人将他接回家去。

往昔，当拥有健康的体魄时，他活得充实而快乐，生活的格子，每一寸都填得满满的，只嫌一天二十四小时不够用；现在，回到这所居住了不知多少年而笑声处处的屋子，他却觉得惊悚不安。啊，一切的一切，是那么熟悉，可是，一切的一切，却又是那么陌生。过去，在屋子里铺设大理石，主要是喜欢双脚踏在上面那种凉透心肺的感觉，喜欢那种双足触地滑腻似绸的感觉，可是现在，一双脚不但彻底失去了感觉，甚至，连基本走动的能力也失去了！他原是老饕，喜欢烹饪而又精于烹饪，过去，厨房是他炫耀能力的天堂，现在，坐在轮椅上，看到那摆设得整整齐齐但由于长久未用而蒙上薄薄尘垢的炊具，心中那股悲酸已极的感觉，便像气压锅那一大锅惨白的烟气一样，闷着、憋着，没个去处。他将轮椅推到冰箱前面，手势迟缓地拉开冰箱的门，砭骨寒气扑面而来，冰箱里残存的一点儿食物，早已变得干干黑黑的，恹恹地粘在碗里，半点儿生命力也没有。他呆呆地看着、看着，若有所悟。就在这一刻，他决定了，他不要以眼泪去浇灌那棵被病魔蛀得千疮百孔的生命之树，他要逆其道而行，重获第二次生命。

在接下来的日子里，他拼着残存的老命，使出了反抗命运之神的蛮劲，他坚决不要让酒窝消失于干瘪枯瘦的面颊，他要它们旋，他要它们转，而为了让它们旋得更好看，转得更潇洒，他努力加餐饭，让外在的脸和内在的心，齐齐恢复过去丰满的旧貌。这样的努力，看似简单，实际上，他内心深处那种惊涛骇浪似的挣扎与奋战，那种只许向前看不许往后退的坚持与执着，的的确确是需要极端强韧的意志力才能办到的。

绝不言休地努力了一阵子后，终于，在他寄来的照片里，我们又看到了他重生的酒窝，大大的、圆圆的，而且，逐渐饱满。他坐在轮椅上，看书报、养盆栽、听音乐，开始他第二段截然不同的人生。有一回，在信里，他居然还欢天喜地地写道："我又开始当家庭大厨了呢，坐在轮椅上炒菜，还真舒服哪！炒出来的菜，与过去相较，可一点儿也不逊色，依然色香味俱全呢！你们什么时候来尝尝？"

由于患有严重的糖尿病，三舅腿上的伤口一直溃烂难愈，医院无形中成了他的第二个家，进进出出、出出进进。他不抱怨、不投诉，一味地忍。只要病情稍好他可以回家去，他脸上的酒窝便会不断地旋动。

一年半之后，三舅平静地去世，脸上那双永远酣眠的酒窝，盛满了"无愧于生命"的恬然与坦然。

三舅是个真正懂得尊重生命的人。

他是勇士。

不畏惧好的人生

◇韩松落

我有一个朋友，就叫她V吧，每次想起她的故事，总觉得心里堵了一块儿。

V生长在一个貌似严谨、实则严苛的家里，父母生长于匮乏之中，生怕对儿女稍稍给个好脸色，就会让他们堕落。她是女儿，又排行老二，成为不折不扣的夹心饼干，整个童年和少年时代都是在父母的贬斥、矮化、丑化中度过的，她的外貌、学习成绩、家务水平都遭到了惨烈的批评。

这一切的后果，在她成年之后才慢慢显露出来。大学报志愿，她认为自己"不可能考上什么好学校，报太好的学校让人笑话"，只报了一所三本院校，尽管她的成绩足够她去更好的地方。在学校里，每逢老师对她表示出重视，她就开始逃避、开始推辞，她对自己的否认持续了整个大学时代，囊括一个大学生可能获得的所有机遇，她认为自己"不可能上台演讲，一定会搞砸""完全不可能胜任学生会的工作""腿短，不能上台跳舞"。怀着这种心态走上舞台，她果然摔了一跤。

磕磕绊绊地走上社会，这种自我贬斥开始蔓延到她生活的每一个角落。去商场买衣服，她纠结地放弃了自己喜欢并且有能力买的那件，选了一件不喜欢的；买家具，她明明喜欢而且也买得起实木的，却选了板式的，搬回家后，浓重的甲醛味半年不散，她只好把它们处理掉，又回头去买实木的，花两份钱，还折腾遭罪。问她怎么会这样，她说自己当时大脑一片空白。也许，每当要做出选择，她内在的自贬机制就启动了：你不配，你不能。

她的感情生活也果然没有让人意外，明明有个条件不错的男士对她表现出了某种程度的好感，她也对他有好感，却躲避他、冷淡他，最后和一个方方面面都次一等的男人纠缠不清。有一次他们约会，我们假装客人坐在旁边一桌帮她鉴定，该男身高不足一米七，脸色晦暗，埋单时从裤兜里掏出一把钱，钢镚四溅。显然，吸引她的不是这个男人，而是这个男人带来的自贬自虐感：你只配得上这样的人，你只能过这样的生活，好的人、好的生活，都在你的能力范围之外。

畏惧好的生活，或许还有更隐蔽的心理动机。因为提前设定好了，自己和幸福绝缘，和机遇没有关系，和优秀的人分属两个世界，当不幸发生时，当生活越来越暗淡时，一切都有了解释：这是命定的。不相信幸福，往往成为不用力生活的借口。

60后、70后人群里，这种人遍地都是，因为他们生活在匮乏之中，不得不用这种对好生活的畏惧去打压自己的向往。而不幸其实也像乌鸦，往往会闻着这种人的味赶来，更加让他们觉得，自贬果然没错，躲避是有道理的。许多心碎，许多悲剧，就此发生。这是最大的猜疑，也是自戕式的祈祷：幸福一定与自己无关，而且往往能够如愿。

所以，我格外敬重那些生在并不富裕的时代，却不畏惧好生活的人，他们跳脱出了自己所在环境的束缚，相信自己能够得到好生活，也配得上这种生活。他们寻找真爱，找不到就等，他们也愿意在爱情到来时，重新配置自己的生活。即便他们最终没有得到自己想要的生活，这种生活在追寻中的状态，也让他们的生命状态和同龄人不同。

生命和爱情的质量，往往在于不苟活、不将就，尊重自己的欲望，不因为外界的眼光委屈自己，在生活上、在爱情里，都求好、向光，及时摆脱生活里死亡的部分。所以，一旦发现自己有这种倾向，一旦在爱情和机遇面前出现"你不配、你不能"的画外音，一定要进行屏蔽，并且以挑战极限的勇气迎上前，去迎接爱情，去尝试机遇，至少也要试试看，自己到底配不配、能不能。

鱼骨头

◇沈东子

沃尔特·席格是与特纳、培根齐名的英国大画家，被誉为英国印象派绘画的先驱。席格年轻时喜欢在街头写生，一次在法国北部海边画画时，有个十几岁的小姑娘站在一旁看。旁观者也不是没有，但这小姑娘逗留的时间比较长，于是席格忍不住问她："喜欢我的画吗？"小姑娘犹豫半天才说："嗯……喜欢。"席格立刻明白了小姑娘的真实想法，又问："为什么不喜欢呢？"她又是一阵犹豫，然后说："是这样，席格先生，我总觉得在你眼里，这世界很脏……"

席格大惊，忙问："你是谁？你怎么认得我？"原来这小姑娘叫克莱门蒂娜，是席格的朋友霍吉尔夫妇的女儿。席格经常去霍吉尔家，从来没注意过她，但她对席格印象深刻，虽然不太喜欢他的画，但被他那艺术家的派头所吸引，说是看画，其实是看他呢。席格的目光幽幽的，头发一甩很帅气，确实蛮招人喜欢。他见小姑娘有如此独特的艺术见解，便请她转告父母，允许她上席格先生家做客。约定的那天到了，克莱门蒂娜来到席格在半山腰上的豪宅，席格刚好出去了，女管家接待了她。

女管家估计她是个小粉丝，便请她小坐片刻，说大画家马上就回来。克莱门蒂娜等了一会儿，百无聊赖，就打量起屋子里的摆设。屋里实在太脏了，东西四处乱放，毫无章法，那女管家一看就不会操持家务。克莱门蒂娜忍不住把袖子一捋，开始规整各种物品。先叠被子，再扫地，她看见一只土得掉渣的盘子里，搁着一块鲱鱼的骨头，便顺手扔进垃圾桶，把盘子洗干净放回橱柜。这时席格回来了，刚进门就咆哮起来："我的鱼骨头呢？"克莱门蒂娜说扔了。"你这多事的丫头！我正要画它呢……天哪，那只漂亮的盘子呢？""洗了，放到橱柜里了。"

席格就欣赏吃剩的鱼骨头、颜色暗淡的土盘子，怪不得克莱门蒂娜觉得他的画脏。不过席格没再怪罪她，反而在那年冬天，专门为她画了一幅肖像画。画面上的克莱门蒂娜，手握一支冰球杆，可谓英姿勃发。后来，霍吉尔一家回到英国。再后来，一战爆发，二战爆发，世界陷入混战中，席格与霍吉尔家的联系也中断了。

直到有一天，席格忽然接到邀请，请他去一趟首相府。席格来到首相府，出来迎接他的竟是克莱门蒂娜。此时的克莱门蒂娜是什么身份呢？首相温斯顿·丘吉尔的太太。正是席格当年画的那幅《冰球女郎》，让丘吉尔爱上了克莱门蒂娜。此后在席格的指导下，丘吉尔的水彩画大有长进，工作间歇会叼着烟斗画上两笔。

两个男人相约互相给对方画像。丘吉尔画的席格，工整逼真，政治家画画，不敢太张狂。席格就不一样了，他画的丘吉尔很抽象，放在画廊展出时得到评论家的高度赞赏，被誉为"席格先生所作肖像画中的精品"。但克莱门蒂娜不这样看，她认为席格把她丈夫画脏了。展览结束后，席格把这幅画送给她，但她转身就把画作踩了个稀烂。

高处是我的弱项

◇［日］村上春树　译/施小炜

　　从成田机场驱车赶往东京，看到一个眼生的高高的东西，正在想那是什么，原来是晴空塔。有一阵子没见，竟长高了好大一截。就好像看着熟人的小孩儿感叹一样："不知不觉长成大人啦。"

　　话虽这么说，其实我对晴空塔没什么兴趣，建好后大概也不会去。为什么呢？因为我原本就不喜欢高的地方。一言以蔽之，就是有恐高症。虽然对洞窟啦、水井啦这种地方很有兴趣，但无法理解想往高处爬是怎样的心情。

　　可是我太太最喜欢登高，旅行时只要遇到高楼和断崖，立马就想爬上去。托她的福，我去过世界上各种各样的高处，不开玩笑，每一次我都胆战心惊。

　　往上爬时倒也罢了，俯瞰下方时两腿发抖，我有好几次甚至都下不来了。我死死地抓住扶手，脸上肌肉僵硬，尽可能不看下方。擦身而过的小孩子大惑不解地望着我："这位大叔在做啥呢？"我真想劈头一声怒吼：这不是没办法吗？谁都有一两个弱项嘛！可又不能冲着小孩子这么吼……

　　我唯一自告奋勇地攀爬上去的高处，就是墨西哥的金字塔。金字塔这东西，从下往上看显得并不太高。我便掉以轻心，嗖嗖嗖地一个人往上蹿，一直爬到顶。然而从顶上往下一看，那光景实在是太可怕了。往上爬时觉得徐缓的坡度，望下去简直就像悬崖一般陡峭。我腿脚战栗，冷汗直冒。但好歹像状态不佳的蜘蛛侠，紧搂着岩石，磨磨蹭蹭下到了地面。

　　小时候家里养的小猫咪，神气活现地爬到院子里高高的松树上，这倒没问题，可一看下面便四肢僵硬，下不来了。我完全理解它的心情。它喵喵地叫了一整晚，可我也没办法拯救它。早晨起床后，心想情况不知怎样了，过去一瞧，已经连叫声也听不到了。从此以后再也没见过它的身影。

　　那只小猫咪到底去了何处？至今我仍不时感到奇怪。总不至于就那样饿死在松树梢上，在它身上究竟发生了什么事呢？

　　也许那只小猫咪羞于将狼狈相暴露在家人面前，因而下定决心："好，不克服恐高症，就再也不回家啦！"于是独自游遍天下，修炼武功去了。说不定它还打算踏遍世界的高处，将自己重新磨炼一番。总之由于某种原因至今未归。这么一想，就觉得小猫咪可怜，很想告诉它："没关系，谁都有一两个弱项嘛！"呃，可这是很久以前的事了，对方又是只小猫咪。

我已经死了

◇陈　坤

巴厘岛。

公司的同事在海滩上嬉闹游泳。

家人在不远处围坐一圈，母亲在照看两个孙子，亲人们诉说着细细碎碎的家长里短。

我戴着太阳镜在躺椅上晒太阳，和一个朋友聊天。

她忽然说："我觉得你已经死了。"

我从椅子上跳了起来，摘下眼镜盯住她说："我已经死了。"

这句话太美了！这是我近三年以来收到的最好礼物。

朋友的一句话，让我跳出了原有的思维框架。

我已经死了。如果以死亡的视角看世界，会看见什么？

沙滩上，同事们在嬉闹游泳。我远远地望着他们，意识到曾经对他们的态度多么可笑。我常说这是一个大家庭，却忘了脱掉"明星"的外衣。现在我死了，才明白他们是我的兄弟姐妹。

家人在不远处围坐一圈。我静静地看着他们，意识到对家人的爱如此狭隘。我曾经以"照顾"的名义，强迫他们过我认为好的生活；以"亲人"的名义，对他们发火责难，把最丑陋的一面甩给他们看；以"忙碌"的名义，没有好好陪伴他们。现在我死了，我对这一切感到懊悔。

我已经死了。当我从习惯思维中跳出来，会发现什么？

也许死是另一种生。

不久前，一串珠子不见了，我翻遍了所有的地方都找不到。那串珠子我戴了很久，它的离去像死亡一样，让我沮丧不已。此刻，心中却闪过一个念头：若有人捡到这串珠子戴在身上，这是它的生。

城市的变迁，让我们唏嘘不已，站在过去的视角看，是旧的死亡；若站在未来看，这是推动世界往前走的生命节奏。

爱我们的亲人离去了，我们悲痛不已，在我们看来，他们死去了；也许从"另一个世界"看来，他们的生命刚刚开始。

一位我非常尊重的老师曾经说：当你每天睁开眼睛的时候，你睡着了；当你闭上眼睛的时候，你才醒来。

何谓生死，要看以何为坐标。当我从二元对立的层面跳出来，又听见了什么？

两个人在争论。一个人说："万物由念生，这个世界的一切包括你，都是我的念头产生的，所以，我是真的，你是假的。"另一个人说："我看见的世界，包括你，也是我想象出来的，我才是真的，你是假的。"

到底谁真谁假？造物者在天外笑了。两个梦幻泡影，却在这里争论谁真谁假。

我也笑了。当阳光打在沙滩的贝壳上，我看见它懒懒地打了一个哈欠时，我不确定自己是生是死。

不与人比，不与己比

◇李银河

　　克里希·那穆提说，人应当认识自己，按自己本来的样子接纳自己，不与人比，也不拿真实的自己与应该的自己比。这是很智慧的说法。

　　人从小就学着跟别人比赛、竞争，无论是小时候上学还是长大了工作，都要拼尽全力去跟别人比，比上了就得意扬扬，比不上就羡慕嫉妒恨。人们的才能本来是各种各样的，如果人总是紧张兮兮地跟别人比拼，那就终生不会有安宁的心境。最糟糕的是，当你嫉妒别人的时候，你的好心情就被彻底地破坏了。因为嫉妒是一种负面的情绪，它希望的一般不是自己跟别人一样好，而是把别人拉下来，降到自己的水平。甚至是幸灾乐祸，那简直就是邪恶了。一个常怀邪恶心的人，生活怎么能够幸福？

　　大师进一步提出，人对真实自己的接纳，还应当包括不用真实的自己跟"应该的自己"去比，这又是为什么呢？应该的自己往往比真实的自己更漂亮，更聪明，更有钱，更有名。一看这些应该的自己，心里就会马上焦虑起来，为什么自己做不到呢？自己不是立过志的吗？不是给自己定过目标的吗？不跟应当的自己相比，要点在于去做自己喜欢的事，而不是去做应当做的事；去做自己喜欢做的人，而不是去做应当做的人。只有这样，人才能获得内心的宁静和快乐。

世界的模样在于你凝视它的目光

◇ [德] 叔本华　译/李　琰

大千世界，芸芸众生，我们生活在同一片蓝天下，生活在同一片土地上，呼吸着同样的空气，面对着同样的世界，但是有着不同的感受。

同一家庭中的兄弟姐妹，有着同样的父母，住着同样的房屋，过着同样的生活，有的无忧无虑，有的牢骚满腹，有的自强不息，有的功成名就。人生的一切痛苦，都来源于自己的内心。心境不同，感受也就不尽相同。

一个人要完全理解另一个人是不可能的，就算是从出生那天起就一直在一起的双胞胎，有着相同的经历，感受也会有所不同。即便他们有着很强的默契，但是谁也无法代替谁。就像相似性格的人，对外界事物感受的强烈程度也是不同的。我们听同一首歌曲，看同一本书，可能会感受着不同的快乐和伤悲，当然，不同年龄阶段的人，也会有不同的感受。

幸福生活是人人追求的。人们对幸福的定义也许是相同的，但每个人追求的目标有所不同，幸福的内涵也不尽相同，对幸福的感受也因人而异。我们在同一世界，走着相同的路，经过相同的路口，在同一地方看同一风景，但我们有着不一样的心情与感受。或许生活就是一种感受：同样的世界，不一样的人生；同样的风景，不一样的感受。

世间没有不好的东西

◇夏丏尊

新近因了某种因缘,和方外友弘一和尚待了好几日。和尚未出家时,曾是国内艺术界的先辈,披剃以后,专心念佛,见人也但劝念佛,不消说,艺术上的话是不谈的。可是我在这几日的观察中,却深深地受到了艺术的刺激。

他这次从温州来宁波,原预备到了南京再往安徽九华山去的。因为交通有阻,就在宁波暂止,挂褡于七塔寺。我得知就去看望他。云水堂中住有四五十个游方僧。铺有两层,是统舱式的。他住在下层,见了我笑着招呼,和我在廊下板凳上坐了说:"到宁波三日了。前两日是住在某某旅馆里的。"

"那家旅馆不十分清爽吧。"我说。

"很好!臭虫也不多,不过两三只。主人待我非常客气呢!"他又和我说了些轮船统舱中茶房怎样待他和善,在此地挂褡怎样舒服等的话。

我惘然了。继而邀他明日同往白马湖去小住几日,他初说再看机会,及我坚请,他也就欣然答应。

行李很是简单,铺盖竟是用破旧的席子包的。到了白马湖后,在春社里替他打扫了房间,他就自己打开铺盖,把那破旧的席子珍重地铺在床上,摊开了被,再把衣服卷了几件做枕。拿出黑而且破得不堪的毛巾走到湖边洗面去。

"这手巾太破了,替你换一条好吗?"我忍不住了。

"哪里！还好用的，和新的也差不多。"他把那破手巾珍重地张开来给我看，表示还不十分破旧。

　　他是过午不食了的。第二日未到午，我送了饭和两碗素菜去（他坚说只要一碗的，我勉强再加了一碗），在旁坐了陪他。碗里所有的原只是些萝卜、白菜之类，可是在他却几乎是要变色而作的盛馔，喜悦地把饭划入口里，郑重地用筷夹起一块萝卜来的那种了不得的神情，我见了几乎要流下欢喜惭愧之泪了！

　　第二日，有另一位朋友送了四样菜来斋他，我也同席。其中有一碗咸得非常的，我说："这太咸了！"

　　"好的！咸的也有咸的滋味，也好的！"

　　在他，世间竟没有不好的东西，一切都好，小旅馆好，统舱好，挂褡好，破旧的席子好，破旧的手巾好，白菜好，萝卜好，咸苦的蔬菜好，跑路好，什么都有味，什么都了不得。

　　这是何等的风光啊！宗教上的话且不说，琐屑的日常生活到此境界，不是所谓生活的艺术化了吗？人家说他在受苦，我却要说他是享乐。当我见他吃萝卜白菜时那种愉悦的光景，我想：萝卜白菜的全滋味、真滋味，怕要算他才能如实尝得的了。对于一切事物，不为因袭的成见所缚，都还他一个本来面目，如实观照领略，这才是真解脱、真享乐。

在任何一种生活里都能找到幸福

◇金　星

做母亲时我是个最平常的女人，我对孩子们的期望也只是他们能够像平常人家的孩子一样，快乐、健康，以后能为自己的人生做出选择。虽然他们的妈妈有点儿特殊，但我希望他们在成长的过程中就能学会用平常心看待世界，能与人真诚交流，从最普通的生活里看到最真实的美好。

我经常在与普通人的交流中得到快乐。我不会用我的光环罩着你，你也不用迎合我。所以我跟骑三轮车的大爷、看门的保安、打扫卫生的阿姨关系都很好。每次带着孩子碰见他们，我总会热情地打招呼，孩子们看在眼里，就知道该怎么尊重别人。

搬家之前，我特别喜欢逛家附近的一间小店，里面卖的都是一两百元的花裙子。由于常买常穿，和老板娘也熟了，拉拉家常，讨价还价，最后开开心心地做成了买卖。如果孩子们在身边，他们会看到这就是真实的生活。妈妈虽然也会去旗舰店买名牌衣服，用来出席一些重要场合，但生活里更常去的是这样的街边小店，你来我往，买卖间更有人情在。

陕西南路路口，晚上经常会有一对安徽小夫妻，他们摆着一个炒米粉小摊，过去我是那里的常客，他们做的东西既干净又好吃。认识他们有六七年了，他们刚有孩子的时候，我就把我们家老三的衣服全打包送给了他们。我说："别嫌弃啊，都是些穿不了的，扔了怪可惜的。"他们接过衣服，特别感激。但从不见他们四处说和我很熟，也不会因此不收我们吃米粉的钱，该怎样还是怎样，大家心里都特别踏实。许久不见了，他们会关心一下我最近是不是太忙，让我别太累。有一年新年，我把小两口请到我们家的院子里来，那晚所有的客人都吃上了他们做的炒面、炒饭、馄饨，客人们都说好吃。我看着这小两口，到上海谋生，从没孩子到有孩子，一直本本分分地生活，这成为我在上海最重要的记忆和风景。我经常带着孩子们去那里，就算现在搬家后离得远些，每个月也会特地跑过去吃点儿东西。人与人之间这种真实平等的关系真美，我想让孩子们从小就能理解这种美。

有一天，我在录节目，收到老公的短信："我跟你讲个故事。"那天老公带着孩子去一个弄堂里修大衣拉链，一对八十多岁的老夫妻在那里摆摊，老太太给老头儿打下手，那老头儿很娴熟地就把拉链修好了。老两口的生活极其俭朴，却对生活充满热情，还带着一辈子的手艺在继续为别人服务，这个画面把孩子感动坏了。在回家的路上，他一直跟他爸爸念叨："那对老夫妻太幸福了，爸爸，你看到了吗，他们真是太幸福了！"这种幸福感染了我儿子，也感染了我老公，他们急着要和我分享这种幸福。

我有能力的时候，会尽力给孩子们创造一个优越的成长环境。但世事无常，我不能保证这样的物质基础会一直存在。如果有一天，我突然住不起大房子，也没有那么多人认识我了，我就想让孩子们明白，就算回到一个最普通的生活层面，我们一样可以过得很好。他们已经在别的地方看到了那种最平常的幸福，不是住在高楼大厦里，不是西装革履，而是在最简单的生活和最丰富的心灵里。

这个世界上有很多种生活方式，命运将你推向任何一种层面都别奇怪，别怨天尤人，它并没有剥夺你幸福的权利，在任何一种生活里，我们都能找到属于自己的幸福。

内心安详，从不荒凉

◇王　蒙

我很喜欢、很向往的一种状态，叫作安详。

活着是件麻烦的事情，焦灼、急躁、愤愤不平的时候多，而安宁、平静、沉着稳定的时候少。

常常抱怨不理解自己的人糊涂了。人人都渴望理解，这正说明理解并不容易，被理解就更难，用无止无休的抱怨、解释、辩论、大喊大叫去求得理解，更是只会把人吓跑。

不理解本身应该是可以理解的。理解"不理解"，这是理解的初步，也是寻求理解的前提。你连别人为什么不理解你都理解不了，你又怎么能理解别人？一个不理解别人的人，又怎么要求旁人的理解呢？

不要过分地依赖语言，不要总是企图在语言上占上风。语言解不开的，事实可以解开。语言解开了而事实没解开的话，语言就会失去价值，甚至于只能添乱。动辄想到让事实说话的人比起动不动就想说倒一大片的人更安详。

不要以为有了这个就会有那个。不要以为有了名声就有了信誉。不要以为有了成就就有了幸福。不要以为有了权力就有了威望。不要以为这件事做好了下一件事也一定做得好。

有人崇拜名牌，有人更喜欢挑剔名牌。有人承认成就，更有人因为旁人的成就而虎视眈眈。有人渴望权力，也有无数双眼睛盯着你权力的运用。

一个成功可以带来一连串成功，也可以因你的狂妄恣肆而大败特败。没有这一面的道理，只有那一面的道理，就没有戏看了。

安详属于强者，焦躁流露幼稚。安详属于智者，气急败坏显得可笑。安详属于信心，大吵大闹暴露了其实没有多少底气。

安详也有被破坏的时候，喜怒哀乐都是人之常情。问题是，喜完了怒完了哀完了乐完了，能不能及时回到安详状态中来。

如果动不动就闹腾，如果动不动就要拽住每一个人，论述自己的正确；如果要求自己的配偶、自己的孩子、自己的下属无休止地论证自己是多么多么地好；如果看到花没有按自己的意愿结果、没有按自己的尺寸生长就捶胸顿足，您应该寻求心理医生的帮助。

安详方能静观，观察方能判断，明断方能行动。有条有理，不慌不乱，如烹小鲜，庶几可以谈学问矣。

为了安详，我的经验是：

1. 多接触、注意、欣赏、流连大自然。高山流水、大漠云天、海潮汹涌、湖光如镜、花开花落、月亏月盈、四季消长、三星在天，万物静观皆自得，世事"动观"亦相宜。到了对大自然无动于衷，只知道斗斗斗的时候，您的细胞就要出麻烦了。

2. 多欣赏艺术，特别是音乐。能不能听得进音乐去？这大体上是您需要不需要请心理医生咨询的一个标志。

3. 遇事多想自己的缺点，多想旁人的好处。不要钻到一个牛角尖里不出来，不要越分析自己越对，旁人越错。不要老是觉得旁人对不起自己，不要像一个钻头一样钻了一个眼就以为打通了世界，更不要把所有的螺丝钉焊得死死的。那样的话，您能不碰壁吗？

4. 不管您是不是有一点点"伟大"，您一定要弄清楚，其实您与常人无异，您的生理构造与功能和常人无异，您的语言文字与国人无异，您的喜怒好恶大部分与旁人无异。您发火的时候也不怎么潇洒，您饿极了也不算绅士……人们把您当成普通人看，是您的福气。您把别人看成与您一样的人，是您的成熟。越装模作样就越显得小儿科。

5. 注意劳逸结合，注意大脑皮层兴奋作用与抑制作用的调剂，该玩就玩玩，该放就放放，该赶就赶赶，该等就等等……永不气急败坏，永不声嘶力竭。

6. 幽默一点儿。要允许旁人开自己的玩笑，要懂得自嘲解嘲。有许多一时觉得急如星火的事情，事后想起来不无幽默。幽默了才能放松，放松了才可以从容，从容了才好选择。不要把悲壮的姿势弄得那么廉价，不要唬了半天旁人没成，最后吓趴了自己。

7. 小事情上傻一点儿。该健忘的就健忘，该粗心的就粗心，该弄不清楚的就不清楚。过去了的事就过去了。如果只会记不会忘，只会计算不会大估摸，只会明察秋毫不会不见舆薪，只会精明强悍不会丢三落四……您的心理功能不全——比二尖瓣不全还麻烦，您得吃药了。

8. 也是最重要的，要多有几个"世界"，多有几分兴趣。可以为文，可以做事；可以读书，可以打牌；可以分析，可以浪漫；可以创造，可以翻译；可以写小品，可以写巨著；可以清雅，可以不避俗；可以洋一点儿，可以土一点儿；可以惜阴如金，可以闲适如土；可轻可重，可出可入，可庄可谐。尊重客观规律，要求自己奋斗，失之东隅，收之桑榆。您还要怎么样呢？

摆脱纠结,从心明确自己所为何来

我们相信什么,我们的生活必将成为什么。而那个我们内心深处所相信的东西,就是我们的初心。初心是一个人对自己一直以来,或者与生俱来的期许:我要成为什么样的人,该怎样面对这个世界。失望与绝望是人生常态,但只要你初心不变,就可以努力做自己而不迷失。

有什么样的内心就有什么样的世界

◇［美］马克·扎克伯格　译／依　明

我前些天当了父亲，全世界的朋友都祝福我和我们一家，我很感动。可是也有很多中国朋友表示怀疑，主要是两个问题：第一，我为什么娶了个丑女；第二，我捐了450亿美元，是不是在避税。

我的朋友们建议我不必回答这两个问题。我明白他们的想法，他们的意思用中国庄子的话说，就是"夏虫不可以语于冰""井蛙不可以语于海"。他们还说，有什么样的世界观，就会看见什么样的世界。他们不是瞧不起中国人，而是担心即使我说了，有些人也不愿意相信。

我想，现在是移动互联和大数据时代，没有体验过冬天的"夏虫"，我们可以用新技术让他体验到冬天；没见过大海的"井蛙"，我们也有办法让他见到大海。现在是"技术男"的时代，我们"技术男"总是会有办法的。

所以，我还是决定回答一下这两个问题，顺带着再多回答几个问题，比如我为什么不买豪车，为什么总是穿那一件T恤。

第一个问题，我为什么娶了个丑女。我先谈谈什么是美女，什么是丑女。

我有大把的机会见到各种美女，可是那些所谓的美女，心是玻璃心，有公主病，还有傲娇症。这样的女人就算外表美丽，但心灵是丑陋的，灵魂是肮脏的。而且，外表的美会随着年龄的增长而贬值，内在的美会随着岁月而增值。这一点，华尔街所有的经济学家都懂得，所以我和他们一样，不会去碰那些会迅速贬值的东西。

那么，我爱普莉希拉·陈什么呢？

容颜是心灵的写照，普莉希拉·陈的笑容永远是清丽温和的。自从怀孕之后，她也完全没有在意自己的容貌因为怀孕而产生的变化，依然是朴素的穿着，不施粉黛，可是她的幸福我完全感受得到，也可以被所有人看见。我爱她的真实质朴，我爱她的善良勇敢，我爱她的全部。和她在一起，我感觉很舒适、很自在、很放松。

我也完全不认为她是高攀我。她除了情商高，智商也很高。她是哈佛医学院毕业的，哈佛法学院、医学院、商学院是全球学子挤破头想进的地方。要说高攀，那只能是我高攀她！

婚姻是一双鞋子，合不合脚只有穿的人知道。所以，你们看她是丑女，我看她是美女，而且是最适合我的美女！

顺便说一句，有些女生眼里只看见别人的丑，却没看见别人的美。这样的话，幸福真的只会远离你，只会与你无缘。因为，有什么样的内心就有什么样的世界。

再说说是不是在避税的问题。

我们捐出的钱折合人民币大概是 2800 亿元，这只是市值，实际上有可能更多，也有可能变少，这都是由市场决定的。我们捐出的这笔钱是用于建一个基金，投资教育和医疗事业。我们在孩子出生前就去参观医院，希望为医疗事业奉献自己的力量。随着医疗技术的加速发展，我们真的有希望在未来 100 年预防、治疗或者遏制几乎所有的疾病。今天，人们死于心脏病、癌症、脑卒中，以及其他传染病。我们在治疗这些疾病方面，可以走得更快。

一旦我和太太意识到我们的孩子，以及所有的孩子可能不必遭受疾病之苦，我们认为有责任将资金用于实现这一目标。

在硅谷，"改变世界"这句话不仅是一个口号，它更是一种信仰和力量。我们的梦想就是，通过我们的努力去改善教育、改善医疗，连接世界、回馈社会，乃至改变世界，建设一个对所有人而言都更加美好的世界。

还有我穿什么衣服、开什么车的问题。

我买了很多件一模一样的灰色T恤，我想让我的生活尽可能变得简单，不用为做太多决定而费神。

我有3辆车。我日常出行，以前开一辆1.6万美元的本田飞度，大概10万元人民币吧。我还有一辆大众高尔夫，美国售价1.8万美元左右，折合人民币11.5万元左右。我买过最贵的车是讴歌TSX，3万多美元，人民币不到20万元。Facebook（脸谱网）上市后，我换了一辆大众GTI，美国定价3万多美元，折合人民币依然是不到20万元。我觉得，车就是一个代步工具，没必要花那么多钱。

我浑身上下也没有名牌，我觉得舒适就好，为什么需要用奢侈品来点缀自己呢？要说奢侈品，自己的头脑、情感才是。中国古人说过，人要"役物"而不是"役于物"，所以我不追求名牌，那没有意义，而且很荒谬。

有什么样的内心就有什么样的世界，请相信世界是美好的，如果你不相信，那么你就无法拥有美好的世界，无法拥有美好的人生。

种因得果

◇慧 意

曾国藩作为晚清一代名臣，成长路上有两个人对他的影响极大。

道光二十一年（公元1841年），曾国藩到了而立之年，此时他一心想出人头地一展抱负，却不得法，即使身为一个文人，对于当时名目繁杂的学问，他也感到没有头绪难以入手。带着满腹疑问，他去请教当时的太常寺卿唐鉴，彼时唐鉴深受道光帝器重，声名鹊起。

唐鉴告诉曾国藩："学问虽然众多，归结起来不外乎义理、考据、文章。但考据学是舍本求末、遗精求粗，既无益修身齐家，又不关心社会现实，从中学不到治国平天下的本领。文章之学固然好，但从古至今，儒家学者一直讲求文以载道，若不精于义理学，诗文词曲终是做不好，所以，你应抓住根本，从义理之学入手。"唐鉴要曾国藩学习义理之学，同时也是教导曾国藩要确立正确的思想信仰。

对于当时还只是模糊地以"以文章报国，可以无愧于朝廷的词臣"为志向，停留在"寻声逐响，追名逐利"锐意功名中的曾国藩，唐鉴的见地开启了改变他一生的大门。曾国藩在他后来的日记中，如此评述当时唐鉴对他的影响："思想上经受了一场重大的洗礼，终于找到了安身立命之所和做人做事的思想基础。"

唐鉴主张治学从修身起，谆谆告诫曾国藩"从现在起克制私欲、戒欺戒玩，把握住身心"。曾国藩听进去了也如是遵行,其后为自己定下"主敬""静坐""早起""读书不二""读史""谨言""养气""保身""日知其所亡""月无忘所能""作字""夜不出门"十二条规则,严格约束自己。

在修身意识上,唐鉴的引导只是一个起点,真正在修身修为上对他产生震撼影响的是另一人——倭仁。

倭仁是同治皇帝的老师,翰林院掌院的大学士,在修身上倭仁有对自己极为严苛却行之有效的特别方式。倭仁每天会做"日课",即把每天从睁眼起床到就寝前的一言一行,尤其是思想中任何一个隐秘的不良念头、私欲、贪念,一日里所有不检点之想法行为,全部记录无遗,毫不留情地警醒自己,达到改正过失的目的。更令人敬佩的是所记这些并不是关起门来自我反省,暗中改过,而是要公之于"众",在同僚间相互"批阅",把私密的念头示人,达到心无不可告人之事的修为,互相指出对方不足,互相学习彼此的优点。

曾国藩听闻后极受震动,从此亦对自己的一心一念严加观照,仿照倭仁每日里一念一事,皆记录在册,敦促自己,弃恶从善。

圣哲大德者必有其过人之处,而这些不凡不是一蹴而就的,曾国藩儿时并不显聪慧,靠着严格的自律、坚持和勤奋成就了自己。

"每一个时代都有迷茫,每一代人都在寻求出路。我们现在遇到的所有问题,在历史上也曾一次次出现。回到历史的具体情境中,去看当时的大人物们如何解决如何解答,启发自己换个姿势奔跑。"佛家更说"种因得果",先贤为后人演示了立世为人求成的典范。后人谦逊遵训而行,必能为自己的人生路上种下良因,亲贤能,读好书,走正道,修身、奋斗、正知正念,使自己最终采撷到甘美果实。

伪装外向

◇李 帆

"我是个内向的人。"

某次饭局上,我严肃地向朋友们坦白自己的秘密。结果,大家认为这个笑话比之前的差远了。当然,作为饭桌演讲大师,偶尔发挥失误也是允许的,所以,他们只是礼节性地笑了笑,一个花枝乱颤的都没有。

连最好的朋友都不理解我,也不知道这算不算人生的失败。美国有位社会学大咖认为,一个人如果能像他人一样扮演自我角色,那么,他就达到了"自我"的程度。换句话说,一个内心流氓的人如果坚持不懈、成年累月地装绅士,一不留神装了一辈子,大致可认定,这人就是一位绅士。我虽然不是流氓,但从生下来,就是个内向的人,在我眼中,长时间的蛰伏就像狗熊冬眠一样正常。我也能很长时间不和人交流,一点儿都不影响我自得其乐,一点儿都没有。

伪装外向,也是不得已而为之。临近毕业,我就发现,这个社会上大多数岗位,都天生倾向于外向性格。面试本身,就是一个交流沟通的过程,内向型候选人难以表现自我。如果从事的职业要和社会和人打交道,那"外向"简直就是工作的必需。

有一段时间,我的职业是编辑,工作的重要内容之一,就是联系更多的作者。然而,很多作者的内向程度远甚于我,即便在面对面的交谈中,也害羞得像金块一样，躲藏在自己的世界里。要是我们都以自己的本性交流，那就像浩瀚宇宙中的两颗孤独的星球，彼此间闪烁的信号，经过千百万年才能抵达对方。为了提升效率，我必须长袖善舞，与性格迥异的作者们打交道。如果不能用人格魅力影响他们，至少要讨好他们，再退一步，让他们同情、可怜我，赐我一篇好稿，打发我走。

从第一份工作的入职登记表的自我评价栏里，写下性格外向的那一刻，我开始了伪装外向的生涯，不到10年时间。新认识的人，觉得我善搞的形象一贯如此。认识我的人，因为我现在的样子，早就忘记了我当初的表现。怎么说呢，我必须给自己的演技点赞。

对我的内向，老婆嗤之以鼻。有经验的人都知道，异地恋最容易出现的问题，就是没话可聊。而我就能做到每天打电话都舌灿莲花，一年多时间，每天一个多小时，愣是没有重样，这么个千金难买的话痨，居然性格内向？哈哈，这个世界真是搞笑。

其实，我的苦恼倒不是无人理解，而是无处宣泄。内向的人，大都认为社交是生存的必要，却很难享受其中。内向的人也并非不需要沟通，只是想减少无谓的交流。很多情感，无须说话，体验才会更好。于我而言，女儿的出生真是一大福音。她还不会说话，我也不必对她进行任何形式的说教，只要能抱她去楼下，行走在绿树香花间，我俩就已经很开心了。四目相对，一路无言，我们享受这份难得的安静时光，就像一大一小两个孤岛，彼此靠近，又尊重彼此的界限，不必非要连接起来，形成一个无聊的世界。

主人蒸黍未熟

◇林清玄

读到宋朝的《文苑英华》中的《枕中记》，觉得是非常有趣的故事。

有一个卢生骑马要到于田去，在邯郸的旅馆中遇到一位道士吕翁。道士看卢生叹息不止，就问他为什么叹气。

卢生说："士之生世，当建功树名，出将入相，列鼎而食，选声而听，使族益昌而家益肥，然后可以言适乎。吾尝志于学，富于游艺。自惟当年青紫可拾。今已适壮，犹勤畎亩，非因而何？"卢生说完后，眼睛昏花想睡觉。

那时主人正在蒸黍。

吕翁从囊中找出个枕头给卢生说："子枕吾枕，当命子荣适自志。"

那个枕头是青瓷做成的，两边开了洞，卢生睡在上面，看到那洞口逐渐加大，变得明朗。就举身走进去，回到家里。

由此，卢生娶了美丽的富家女，考上进士，从渭南尉做起，官升得很快，先转升监察御史，然后出典同州、陕州、汴州，河南道采访史，京兆尹，御史中丞，河西道节度，转吏部侍郎，迁户部尚书兼御史大夫———一时之间，权倾当朝。

他的权位为宰相所忌，宰相用谣言中伤他，他被贬为端州刺史。但过三年又被征为常侍，再升为中书门下平章事，和中书令萧嵩、侍中裴光庭共同执掌国家大政十几年。

后来又被诬陷和边将勾结图谋不轨，被捕下狱。被捕的时候他害怕不测，嘱咐妻子说："我家山东，有良田五顷足够生活，何苦来求官禄？现在弄到这个下场，想要穿粗糙的短衣，坐青马在邯郸道上走，已经不可得了。"遂拿刀自杀，被救。

几年后，皇帝知道了他的冤情，追封他为中书令，封为燕国公，从他做官以来五十几年，"性颇奢荡，甚好佚乐，后庭声色，皆第一绮丽，前后赐良田、甲第、佳人、名马，不可胜数"。

他生了五个儿子，都有才气，不但全做了官，娶的都是天下望族之女，孙子有十几个。

他晚年害病，官府问候的人接踵于道路，名医上药，无不至焉。要死的前一天晚上，他还上疏给皇帝略述了生平，写完后就死了。

卢生伸了懒腰打哈欠醒来，发现自己还在旅馆，吕翁正坐在旁边，主人煮的黍还没有熟呢！看看周围确定还在旅馆里，遂跳起来问："这是梦吗？"

吕翁说："人生的适与不适，也就像这样了。"

卢生感叹良久，说："宠辱之道，穷达之运，得丧之理，死生之情，我现在都知道了。"

读《枕中记》令人感触良深，尤其"主人蒸黍未熟"一句最让人惊心，黍还没蒸熟，一个人的生命已经是大起大落无数次了，特别能由小小的黍感受到人在空间的渺小，以及在时间中的短暂。

佛陀在《大般涅槃经》中说："一切众生，寿命不定，如水上泡。"佛陀在《处处经》中说："出息不还，则属后世。人命在呼吸之间耳。"

人命的旦夕在宇宙大环境中，只是呼吸之间，地球在佛的眼中成、住、坏、空，整个消失也只是一霎之间，一个人假如不能认清这一点，汲汲于名利权位的追求，不能舍下庸俗的享受，那么等到黍煮熟的时候，回身一望，连安身立命的所在都已经灰飞烟灭了。

万一过不上想要的生活

◇艾明雅

有人说，新的一天会有新的自己，这样的话自然是骗人的，其实不会有什么不同。时间一天又一天过去，究竟怎样过此生，才更有意义？冯友兰先生写："一只狗闯进一个教堂，它既不会明白里面这群人在做什么，也不会明白这祷告有什么意义。是因为它既不懂，也不了解。"

很长一段时间，我靠着这段话，来抵御内心对现实生活的迷茫感。从此不再纠结手边这事情有什么意义，管它是什么，先做了再说。去参与吧，去经历吧，尝过了，才知道是什么味道。不然，永远都会是教堂里那只不懂上帝思想的狗。

以前听得老人总爱说一句话："怎么过不是一辈子呢？"那时的我，还沉浸在小少女的单一梦想中，心有戚戚：要是过不上我想要的生活怎么办？要是我大龄未婚，父母逼婚，全家在那个小城抬不起头怎么办？可要是嫁给一个穷鬼，房子车子都没有，还要伺候刁钻公婆怎么办？要是嫁个有钱人，他彻夜不归外遇出轨，中年婚变怎么办……

年少时候谁不是这样的呢？恨不得把五十年的人生都思量清楚，生怕走错一步。

最后我没有嫁给有钱人，但也没有嫁给穷鬼，我的公婆也不刁钻。但是，也没有百分百过上我梦想中的生活。这样平淡而庸碌的生活我却醍醐灌顶。是的，没错，怎么过都是一辈子，这不是消极的，对我而言，这变成了积极的。人生最坏，不也就是没有过上自己喜欢的生活，然后呢？

接受庸碌的那一刻，我似乎长叹了一口气。天蓝了，草绿了，接受了身高和腰围的尺码，活得更理直气壮了。我不仅没有放弃梦想，而且这时候再谈起"梦想"这个词，我不紧张了；我不再担心它实现不了了。轻松时把它端着，万一实现了呢；疲惫时把它放下吧，偶尔浑噩。努力去做一个有二两成就的人，但是亦做好了准备，也许我此生如此，将继续庸碌下去。

理想人生就像空谷幽兰，我做好了找到它的准备，也做好了失去它的准备。

如果说得再具体一点儿，就是，我不再躺在床上思考什么人生。每天清晨，我心无旁骛地起床，先烧壶水，然后洗漱，还给自己稍微擦点儿底妆，做好随时可以见人的准备。之后一边喝水吃早餐，一边看稿件，除开赶工，十二点准时上床睡觉。力求不会任空想耽误吃饭睡觉的时间。

这时候，我突然明白了严歌苓女士为什么坐在家里也要严阵以待，清晨梳妆完毕再坐在电脑前。她自述这是身为一个妻子，要让丈夫看到最好一面的责任；但我觉得，这不仅仅与妻子的责任有关，这是人生的责任，这是一个你可以说是刻板，我却认为是自律的习惯。

老闺密也是个秩序控，手机软件像文件柜一样归纳整理，一如四年前，她站在广州的某个街头，围着黑白千鸟格的围巾，给我看她的大包里面排列得像兵马俑一样的小包：女人不要在包里乱翻一气，那个姿势真的很丢人。

庸碌平凡里，总有那么两个电影般的场景，让你觉得，就这样，也挺好啊。从此我不再在生活里乱翻一气。有条不紊地刷牙洗脸，也比翻来覆去地叫嚣什么梦想强。

后来，慢慢开始喜欢韩国民俗，并不为那些血癌兄妹之类的剧情感慨。而最是感动于那些平凡主妇，无论多么贫穷与庸碌，总是有最整洁的居家态度。去到韩国，看那些厕所里的清洁工阿姨，闲来时分也记得补几下口红。

几个人此生能飞黄腾达登上舞台最中央，最难得是虽此生庸碌，每一天都清爽示人，不叫人失了希望。

此前，在一个寒冷的南方冬天，我守着一个电暖炉，看作家李娟写《冬牧场》，帐篷里烦躁的主人冲她发脾气，换作平日里有人这样对自己，立刻甩手主动滚出去，可此刻，那帐篷外是荒野啊，是寸草不生的荒野，月光下也许还有狼，空旷，寂寥，肃杀，危机四伏。心情再不好，也只得老老实实待在帐篷里，等着天亮。

多像此刻，只剩刷牙洗脸的人生也好，只有十二平方米的出租屋的人生也好，那都是你自己的帐篷啊，你知道你将在这里度过你又一年庸碌的人生，那又怎样？因为外面，是荒野，空旷，寂寥，肃杀，危机四伏。心情再不好，先老老实实待在里面，至少里面有亲人几位，老友二三，再泡一壶好茶，刷牙洗脸多喝水，静静等着天亮。

我多想回到二十年前的某个夜晚。坐在祖父母的老宅子里，过年，寒冬他们烧着火炕，吊锅上炖着鸡汤，香气四溢。外面雪花纷飞，我看着他们皱纹横生的脸庞，守着那座泥砖堆砌的老房子。那是一颗赤子之心最最安稳的帐篷。

在一个地方，日出而作日落而息地耕作，从不担心失去什么。

从此知道普通人的人生，原来也可以是这一刻烟火香。

就像没有明天那样生活的智者和愚者

◇煅　煜

就像没有明天那样生活的人有两种，一种是智者，一种是愚者。

把每天当作生命的最后一天，把每个时刻当作最后一个时刻去努力付出实践自己正确目标的人，不可不说是智者；把明天抛在脑后，而通宵达旦地娱乐、酗酒、嬉戏的人，不可不说是愚者。

幸好，愚者可以变成智者。

如果想知道一个人的未来，就看他都做一些什么样的行为，是短暂地享乐，还是为了长久的未来努力。

果汁软糖实验是世界上最简单，也是最成功的行为实验之一，由沃尔特·米舍尔教授设计。他于20世纪60年代在加利福尼亚州斯坦福大学校园里的一间幼儿园开始这项实验。

米舍尔找来数十名孩子，在每人面前放一块果汁软糖，告诉他们糖可以吃，但如果等到他返回时再吃就可以多得到一块。然后他便离开教室10到15分钟。

通过观察发现，有1/3的孩子马上就开始吃糖果，还有1/3则一直等米舍尔回来兑现额外奖励后才开始吃，另外1/3的儿童开始坚持但后来忍耐不住放弃等待。

直到14年后这些孩子中学毕业，开始进入高等院校学习或工作，米舍尔才开始研究下一步。他发现当年马上开始吃糖的孩子在青少年时期表现得缺乏自信，与同龄人相处不好；等到最后才吃糖果的孩子则交际能力强、有主见且学业出众。"等待者"比"不等者"考试成绩平均高出210分。

有一个朋友根本不知道什么叫延迟享受，一次又一次地透支自己的身体，每次劝勉，都无济于事，用很多理论来搪塞，直到身染疾病才后悔没听我所力荐的话，自己垮了不说，还牵连家人。他本可以几年之后就和自己相爱的人组成家庭，却就这样毁掉了一生。

关于乔布斯"记住你即将死去"的名言，这也是"没有明天"的另外一种解释。

1974年5月，乔布斯来到了新德里与一名旅途中认识的西方人相约去看印度著名的宗教集会——大壶节游行。看到数百万的朝圣者，乔布斯被这种虔诚的气氛震撼了，最神奇的是甚至在还没明白怎么回事的情况下，就被一位修行人把他的头按在水里剃了光头，而乔布斯却任由这个陌生人摆布，以至于朋友在新德里的大街上见到乔布斯之时，险些没认出来。

8月，乔布斯回到了加利福尼亚，结束了他的印度之行。此次朝圣彻底改变了他的人生观，也为他的未来指明了方向。

乔布斯的这段经历也被称为对他人生影响至深的经历，他拥有了一种宗教情怀。他在斯坦福大学的演讲就透露出这种情怀和智慧：

当我17岁的时候，我读到了一句话："如果你把每一天都当作生命中最后一天去生活的话，那么有一天你会发现你是正确的。"这句话给我留下了很深的印象。从那时开始，过了33年，我在每天早晨都会对着镜子问自己："如果今天是你生命中的最后一天，你会不会完成你今天想做的事情呢？"当答案连续多天是"不"的时候，我知道自己需要改变某些事情了。"记住你即将死去"是我一生中遇到的最重要的箴言。

真正的善慧者，对于两种态度应做细细思量。

谜一样的人生

◇袁苡程

20多年前，在纽约大学读心理学研究生的袁苡程为完成论文《人类的忏悔心理》，突发奇想，在《纽约时报》上登了一则小广告，征集临终遗言。没想到有一天竟收到一封意外的来信……

亲爱的广告刊登人：

你好。不管你是何许人也，是男是女，是老是少，我必须事先声明：我是个多年不和任何人交往的人，除了自己的宠物，也已经不习惯和别人说话了。我的人生大部分时间是在隐居中度过的。依我的脾气和习惯，我从不会把自己的生活与任何人分享。我生前只想悄无声息地活着，死后更想安静地消失。

但是你的小广告竟然让我有了不同的想法，这可真是个奇迹。我就要离开居住了80多年的地球了，我想，矜持和固执己见于我已不再像过去那样意义重大了。此刻，我只是一个相貌平庸甚至丑陋的老妇人。你说得不错，一个人临死之前很可能有话想说，但又不能说，我也不例外。让我放心的是，你那匿名的建议不会让人知道我到底是谁，除了无效的猜测。让它成为一个谜，正是我所希望的。

这封信是我口述，由我的女佣，也是我终生的朋友吉丽尔为我打字完成的。

在即将离开人世之际，我最想说的是，我对自己荒废的一生很不满意，它不值一提。我这一生做了两个无法挽回的错误选择，它们成了折磨我后半生每一天的致命遗憾，这也是我在最当红的时候选择息影和隐居的原因。

我犯的第一个不可饶恕的错误是，为名利所蛊惑。我没有听从我生命里最重要的人的请求，结果导致了最可怕的后果——他过早离世。我用后半生远离一切名利和过苦行僧般的生活来惩罚自己。我恨一切问我息影原因的人，我怎么能允许自己在这个比我生命更重要的事情上被如此利用去娱乐他人呢？这也是我后来拒绝与所有人来往的原因。过去我常在报纸上看到有人不解我为什么会毫无留恋地离开银幕，说我是白白浪费了举世无双的魅力和美丽（我真希望他们来看看我现在的样子），而这些都是别人的想法，与我无关。这也正说明，没有一个人是了解我的。对我来说，爱的丧失重于一切；与其相比，一切辉煌、名声和财富都只是尘土。我唯一爱过的人过早逝去之后，我的世界已经从内部坍塌，太深的悔恨和愧疚让我决定终身不嫁，了此一生。息影前，我就已经知道，我今生不可能再对任何人产生爱情，即使有，它们也都无一例外地会以失败告终。

我前半生犯的第二个致命错误就是忘记了自己的本性，竟然同意去演喜剧。我从小只熟悉孤独，幸福总会让我恐惧，我也从来没有习惯过它，我注定是为演悲剧而生的。但是我后来违背了本性，所以遭遇惨败。我无法原谅自己的轻率和虚妄。人无法抗拒命运。别人能做的事，我去做就是受罪，就是致命的陷阱。

我是个极度敏感和渴求尊严的人，而这两个致命的选择让我感到深深的懊悔，所以我只能用隐居来抵挡任何可能的外来伤害，这也是我惩罚自己的方式。

我隐居纽约几十年，不希望任何人知道我、看见我。我很少与人来往，也从不接电话，只想安静地度过余生。幸运的是，我的女佣吉丽尔和鹦鹉谢尔盖陪伴了我后半生的每一天。但更多的时间我爱把自己关在一间小屋里，那里是我绝对的私人世界。

我们总会在黄昏时去不远的中央公园散步。吉丽尔会帮我变换墨镜和头巾的颜色，以免被人认出。但有一次吉丽尔病了，我只能一个人外出散步，有个记者在我不知道的情况下偷拍了好几张照片。两天后，我在报纸上看到了它们，

大标题令人触目惊心。照片里那个头发被风吹得凌乱的老女人皮肤松弛、身体干瘦,与人们记忆中那张曾被描述为"达到人类进化极致的脸"相比,只能用惨不忍睹来形容。可那张衰老的脸却让我有一种莫名的快感,那是对自己复仇的快感。像我这样一个内心少有幸福感的人,只在乎生活里懂我、爱我的人,而当世界上唯一懂我、爱我的人离开了,我的生活和容貌就没任何意义了——我还会在乎什么吗?

我冥顽守旧,不能接受现代人做的很多事。我每天读书、散步、抽烟、回忆、思考,随心所欲地幻想、睡觉,也做各种琐碎而俗不可耐的事,比如买烟、采购食品、给鹦鹉喂食。我过去的积蓄使我隐居后不必太为衣食犯愁,但也与奢侈不沾边。好在我从小就习惯了贫穷,对物质要求不高。如果说我的隐居生活和修道院里的生活很相似,真的并不为过。我每天散步必穿的那件深灰色风衣还是20世纪50年代的物件,下摆早已磨破,但我一点儿也不在乎,因为它已是我身体的一部分,我从未想过要换掉它。

两个星期前,在吉丽尔为我写完这封信之后不久,她就因为肺炎住院,再也没有回来,她竟然先我而去了!谁能告诉我一个继续活下去的理由吗?绝对没有了。

好了,我想说的话就是这些,把它们说出来让我轻松了不少。不过,最后我很想抱歉地问一句,你真的相信我的生活里有吉丽尔这个人吗?不,我从来都没有过什么女佣,吉丽尔只存在于我的幻想里。事实是,我完完全全是一个人生活了几十年,几十年如一日地走到了今天。但我又一直幻想能有这样一个人陪伴我——这很矛盾,是不是?我很小就喜欢独自坐在窗前,在脑海中把眼睛看见的一切令人不愉快的东西变成美丽而神秘的存在。吉丽尔就是我,我就是吉丽尔。

我倦了,很庆幸自己就要离开这个世界了,希望我死后能在另一个世界见到我的爱人和那些真正在乎我的人。上帝的作用就是给人以幻想的空间,并让人因此得到安慰。在他面前,我知道,他也知道,我始终是一个自卑、敏感、极度怕羞的丑小鸭,一个小时候就喜欢独处,并无边无际地疯狂幻想的孤独小女孩。现在,那个小女孩该回去了。

别了,我不想再继续逗留的人间。

没错,写信人就是最具传奇色彩的瑞典冰山美人葛丽泰·嘉宝,她曾是好莱坞谜一般的存在,直到临终也尽力保持她的神秘,这封匿名的珍贵来信成了她留给这个世界唯一的告别信。

住进医院,才知道自己要什么

◇Mr.6

有一个学弟,虽然有名牌大学的学历,又在一家很棒的游戏公司工作,但他不满现状,他希望考一张PMP(项目管理专业人士资格认证)或某职业执照。

他也希望转战业务工作,他超羡慕杂志上那些年收入千万的人。他也考虑出国打工游学,尝试国外生活,开开眼界。

学弟跑来问我们,应该选哪一个。

大家都给他提供一些意见,七嘴八舌。终于有一位说:"喂喂喂,我们应该问问他,倾听他自己的声音!"

"但我就是'听不到'我自己的声音啊!"学弟说。

大家哄堂大笑。

这个"听不到自己的声音"就变成大家当晚最主要的话题。我们开始讨论,如何让这位学弟听到他自己真正的"心声"。

有一位学长提供了一个不错的答案——

"我建议,"学长说,"你应该先睡一场'好觉',等脑袋清醒,就会知道了!"

这时候,另一位同学,也提了建议。

"或许,"她说,"你有没有心动想和女友小芳结婚的时候?或许那时候,答案自然就出来了!"

来自女性的建议果然很感性，但仍有一些人大笑。

大家闹了一番，却没有帮助到这位学弟。

此时，另一位坐在角落的学长，突然开口——

"我有一个方法，让你听到自己的声音，很有效。"这位学长很有自信地说。

大家纷纷转头看他。

"你自己有没有住进过医院？"学长问。

这位学弟想想，点点头。

"有，"学弟说，"有一次突然要开刀，切除体内的息肉。那一次，真的很惊险！切除过后，还去化验，等了一星期，"学弟心有余悸，"结果，还好是阴性。"

这时候，大家了解这个方法的意义了。

"可以回想一下，当时，你在等检查报告的时候，你想做什么事？"

学弟想了想。

"那时候……我请了一个星期的病假。"学弟开始回想。

大家听着他慢慢回忆。

"嗯……"学弟还在想。二十秒，好像过了两个小时。

"哦，我想到了。"

猜猜看，那是什么？

在那"生死攸关"的瞬间，他是希望拥有一张对职业有帮助的 PMP 执照，还是希望病好后转战业务工作？

或，想出国留学、四处看看？猜猜看，是哪一个？

或许，我们都曾经在人生中，不知道怎么走下一步；其实，我们也在过程中得到了"答案"。

早就得到过真正的答案了！

猜猜看，学弟当时想到的答案是？

那个答案，竟然好简单——

"当时我好后悔，"他说，"一个人在城市，没办法住得离父母与兄弟姐妹近一点儿。而且，工作太忙，没有陪小芳，"他继续说，"结婚的事一直延后。"

那时他想，如果就这样"挂了"，这两件事会让他锥心刺骨地遗憾。

后来，大家没再讨论了，我想，学弟的问题也获得答案了。

获得答案，但他会不会照着这样走？我们都不知道。

三年前他开刀在医院明明得到了这个答案，却没有照着做。

三年后，他还有一个机会。

人生可以有几个机会呢？

而这就是人生巧妙之处——当下你永远不知道当下有多可贵，而那个最美好的未来，不必另外创造，其实只要"抓紧当下"即是了。

一人活

◇唐辛子

朋友来日本旅游，发现了一个"大问题"：日本女人通常都比实际年龄要显得年轻许多。"是化妆技巧的缘故吗？"大家问。我回答说化妆技巧是一个原因，但更主要的，恐怕还是对生活的态度。

在日本十多年，观察那些"越老越美丽"的女人，发现她们其实并不拒绝衰老，也不拒绝脸上的皱纹，但她们拒绝身体的赘肉，拒绝失去对世界的新鲜感和好奇心，拒绝不自由。《窗边的小豆豆》一书的作者黑柳彻子出生于1933年，是日本第一代电视节目主持人，"小豆豆"是大家对她的爱称。"小豆豆"至今主持着长寿电视节目《彻子的部屋》，每周访谈各界名流。这种聊天节目不仅需要渊博的知识，还需要高超的谈话技巧及敏捷灵活的头脑。82岁的"小豆豆"，在每期节目里不仅应变力极强，还以"快嘴"著称。"小豆豆"认为自己保持"青春头脑"的秘诀，是"不忘初心"。女人的"初心"是什么？是"少女之心"，"永远像少女一样，对事物保持旺盛的好奇心"。"小豆豆"说她即使到了100岁，也将继续主持节目，不会隐退。日本皇后美智子八十大寿时，"小豆豆"通过《朝日新闻》为其送上祝福："迎来伞寿的美智子陛下，80岁说起来似乎有点儿可怕，但请想象您身体里住着4个20岁的女孩子吧！"拥有这种人生态度的"小豆豆"，即使年满百岁，也只不过是"身体里住着5个20岁的小豆豆"罢了。

除了永远不老的"小豆豆",还有一位日本女画家堀文子。1918年出生于东京的堀文子,毕业于女子美术大学日本画系,29岁和外交官丈夫结婚,43岁丈夫去世后,她孑然一身环游世界,开始浪迹天涯之旅。82岁那年,为了寻找神秘的梦幻之花"蓝罂粟",堀文子走遍喜马拉雅山,终于在海拔4500米的悬崖石隙中找到了蓝色的罂粟花。株高20厘米的罂粟花,浑身布满状若茸毛的小刺,孤独地盛开在拒绝生命的岩缝之中。

"人原本就是孤独的。"90岁那年,进入"90后"人生阶段的堀文子出版随笔集《一个人活着》,并这样写道:"不结群、不习惯、不依赖——这便是我的人生模式。"堀文子认为:虽然维持现状可以确保平稳无事,但那是以抛弃对未知的好奇、对一切新鲜事物的感动为代价的。

如今年近百岁的堀文子仍然坚持每天绘画,并每年举办个人画展。她反对生活的"习惯性",拒绝那种"生活了一天,然后重复一辈子"的人生。

不忘初心的黑柳彻子和爱自由的堀文子,现如今都是年过八十甚至年近百岁的奶奶级高龄人物了,但在大众心目中,她们的地位远远超越偶像派"女神"。她们越老越自由、越老越鲜活的内心令人憧憬。因为她们让人们看到:尽管人类无法拒绝衰老,但在人生的修行中,可以令脸上的皱纹也美成一道风景。

一个临终导乐的自述

◇ ［美］马拉·阿特曼　译 / 韦盖利

我一直害怕死亡。

27 岁时，我决定深入一点儿探究对死亡的恐惧——如果可以，为了给我自由，我得将死亡非神秘化。

我想成为一个临终导乐志愿者。陪伴一个人，只要他允许我见证他慢慢衰弱，他的灵魂离开他的躯体，他最终走进虚无。

杰斯罗住在一个疗养院里，这里专门收纳那些被诊断出携带艾滋病病毒或患了艾滋病的人。

杰斯罗大约 50 岁。之前我没想过这是临终年龄。他穿一件旧牛仔裤，一件褪色的衬衫，到了我跟前，脸上挂着怀疑的表情，问道："你笑什么？"

"那是个好问题。"我回答。我甚至没意识到自己在笑。我弯下腰，以便能跟他面对面。"我想，我是在设法友好一些，您觉得有效果吗？"

他这样说话，确实不能称为欢迎我，但我还是立即被他那种赤裸裸的好奇吸引。

那是第一天见面，在那个大厅里，我在他的身边站了一个小时。我们看那些护士忙忙碌碌——换尿布、洗澡和发放食品。同时，我做好了面对尴尬的准备，临终谈话的尴尬。

然而，一切并没有像我先前预想的那样。他转向我，要说点儿什么。我弯下腰，等了一下，他终于开口说："你是个白人女孩，什么时候都可以赚到钱。"

我反驳说："不是这样的。"

"就是这样。"他说完，转过他的轮椅，回病房去了。

后来几次探访，我们看着护士工作站，看电视，或者看着彼此，却没说太多话。

我仍然对他没有多少了解，但很清楚的是，他喜欢让我难堪。他经常说我越来越肥，说我的头发很乱。

我的头发是梳成发髻的。我问他："发髻有什么不对吗？"

他固执地说："你不明白我的意思吗？你的头发很乱。"

我拒绝改变我的发式。

大约三个月后的一天，他告诉我他要走了。他说："下次你来就见不到我了。"

我以为他要去世了。再次去那个临终疗养院的时候看到他在里面看电视，声音放得很大。见了我，他平静地说："他们不让我走。"

我理解错了。他说的离开，实际意思是想离开疗养院。

他喜欢我叫他"浑蛋"，他会笑得抽搐起来。明显地，这种话会让他显得非常有活力，精神得不像长时间被困在轮椅上的病人。他做回了以前的自己，也让我看到了自己新的一面。此后，每次见到他，我都至少叫他一次"浑蛋"。

又几个月过去了，我们仍然没有谈论死亡。但他慢慢地变得开放，我们开始谈论别的东西。我知道了他是南方人，小时候就来到纽约。他有一个女儿，他不知道她的年纪，他甚至不知道他自己的年纪。他的病已经让他早早健忘。他已经好几年没跟任何一个家人联系了。他最喜欢的工作是在布朗克斯当清洁工。他喜欢打棒球，他希望自己能重新走路，去看电影，并有一套自己的房子。他进过几次监狱，跟人打过几次架，留下不少伤疤。他还吸过毒。

每次去探访他，我们一起坐在他的病床上看电视剧《我的孩子们》，有时他也坐在轮椅上。

当我告诉人们我是个临终导乐者时，他们会说："哇，你真是个好人。"

我不知道我是不是好人，或者，我只是想让别人将我看作好人。毕竟，当临终导乐对我也有利。我的目的不是纯粹而圣洁的。但去到疗养院看他，让我像个好人，我想，这也许也是个好处。

意识到这一点时，我已经有一年多坚持每周去探访他了。一年变成两年，两年变成三年，他一直没有去世。其间，我们形成了一些惯例。每次我去，他会看着我说："我正想念你呢。"

"想我什么？"

"不知道，只是想你。"

"是吗？我也想你。"

我说的是真话，我无时无刻不想他。我探访他的次数比探访大多数朋友的次数多。他知道我为结婚做准备，知道我事业上的不顺利。我度蜜月回来时，他说："你是真想结婚，还是不得不结婚？"他就像我的一个哥哥，总是戳我的弱点。

他不喜欢戴他的假牙，所以用牙龈来嚼三明治，有时他会大笑，那些三明治碎末会像霰弹一样射到我身上。

直到这种时候，他仍然没说到死亡。我一直问他感觉怎样，让他有表达思想的出口，但他总是说"我很好"。

他说他不喜欢抱怨的人，自己的事情跟别人没有关系。我说："可是，你得告诉他们你的感觉，那样才可以获得帮助。"他只是挥挥手，好像他体内的问题只是一群蝴蝶，要将它们赶走。

他仍然说要离开疗养院，回自己的地方去。他问："我离开这里之后，你怎样找到我？"我让他给我留个纸条，告诉他，我会问别人。我说："我一定会找到你的。"我不想让他知道，其实他出不了那个疗养院了。

三年半之后，我一直等待的事情终于来了——临终，只是我不再对它感兴趣了。他不再穿戴整齐，不再在乎我看到他的尿布，很少坐到轮椅上。

每次去看他，我会为他按摩头部、腿部。他说："我不想去那个地方。"

有几个星期，他的眼光好像在病房里追着某种我看不到的东西，还说它们想伤害我。

他变得那么瘦，我可以看到他的骨骼，他的下腭骨藏进头盖骨里。我用一只手可以握住他的大腿。为了不让他的骨头相互打架，我们在他的手臂和成排的肋骨之间塞了枕头。他的伤疤都变小了。我之前从未想过，一个成年人可以变得那么小。

终于有一天，我到疗养院里，他已经不在了，人们说晚上他失去了知觉，被转到医院去了。护士们不告诉我他在哪里。费了很多周折，我才知道他被送到了哪里。我到医院，找到了他，他躺在那儿，身上插满了各种管子。

有人告诉过我，听觉是最后消失的感觉。所以，虽然他躺在那里一动不动，我还是不停地跟他说话。我告诉他，是他让我懂得了解和关怀他人是一种无法估量的成功。我想告诉他是他让我懂得了：只是走进一家疗养院，向某个病人微笑、点头，你就可以创造一种以前并不存在的爱。

第二天我去医院，看到杰斯罗的双眼睁开了一条缝。或者，只是我的想象。有一滴泪，挂在他的左边脸颊上。护士说那不是泪，只是他眼里有了多余的水分要排出。

当我拿起他的手时，他的眼睛闭上了。我感觉到，他知道我在那里。我来了，杰斯罗；看到你真好，杰斯罗；外面很热，杰斯罗；你是个浑蛋，杰斯罗。

忍耐富贵

◇ [美] 小川未明　译/李　佩

这是一只轻薄讲究的茶碗，雪白的底色，像透明的白玉一般，上边绘着老爷的纹章。

"不错，是个讲究的作品，声音也好听。"老爷的官吏用手指在碗上弹了弹。

陶器匠毕恭毕敬地低着头说道："已经无法再轻再薄了。"

官吏点点头，命令陶器匠把茶碗包好，他要尽快献给老爷。

官吏把茶碗献到老爷面前："这是我国有名的陶器匠为老爷特制的茶碗，尽可能做到了又轻又薄，不知老爷喜欢不喜欢。"

老爷接过茶碗欣赏了一番，见果真又轻又薄，轻薄到让人拿在手里不觉得手里拿着东西。老爷问："茶碗的好坏何以区分呢？"

"所有的陶器都以轻、薄为贵，又重又厚的就不算是好茶碗。"

老爷点了点头。从这天开始，这只茶碗就摆在了老爷的桌上。

老爷是一个意志坚强、善于忍耐的人，从不叫苦，不轻易流露声色。新茶碗很薄，传热很快，拿在手里简直和拿着一块炭火差不多。每次使用，老爷都要忍受烫手的痛苦。

这世上，有多少人不是在享受富贵，而是在忍耐富贵啊！

张之洞的"三不争"

◇汤贵成

张之洞非常欣赏袁世凯的才能，曾大力向朝廷举荐他，对后者有知遇之恩。然而，几件不足挂齿的小事，却让袁世凯怀恨在心。

有一次，袁世凯到张府做客，两个人相谈甚欢，可是聊着聊着，张之洞居然趴在椅子上睡着了，让袁世凯非常尴尬。事后，张之洞登门谢罪，却在酒桌上再次睡着。

张之洞素来有"兴居无节，号令不时"的毛病，想啥时睡就啥时睡，作息时间特别不靠谱，经常是下午三点睡觉，凌晨三点起来办公，官员想见他，就得整夜不眠。这已经成为官场内公开的秘密了，袁世凯虽然早有耳闻，但两次都这样驳他面子，他心里还是像吃了苍蝇一样不舒服，总觉得张之洞是故意跟自己过不去。

后来，两个人调到一个部门工作，袁世凯居然派人暗中监视张之洞的日常会客情况，想抓住对方的把柄，试图整倒对方。事情败露后，张之洞没有找袁世凯理论，也没有耍黑枪在背后参他一本，只是悄悄搬家了事，就当什么都没发生。

袁世凯却不顾旧日情面，逮着机会就抨击对方。一次，他在接见德国驻京使节时，居然毫不避讳地说："张之洞是讲学问的，我不讲学问，讲办事。"

言下之意,张之洞就是个穷酸文人,除了能写会说,啥事都办不成,工作能力特差,我虽然没学问,却能办大事,比他张之洞强多了。

这话传到张之洞的幕僚耳中,大家纷纷为其打抱不平,大骂袁世凯忘恩负义,只会吹牛皮,有人还在张之洞面前告密,帮他出主意,让他好好地整整狂妄无知的袁世凯。张之洞却一笑了之,慢条斯理地说:"我平生有三不争,一不与俗人争利,二不与文人争名,三不与无谓人生闲气!"

"三不争"显示了张之洞的度量,确实是宰相肚里能撑船,正是因为不争,他才能聚集大量的人才,才能专心做实事,最终成为晚清历史舞台上受人尊敬的一代名臣。

唉，文科生

◇杜 藤

理科生改造世界，文科生毁灭一切。

是的，作为一名文科生，类似的说法我听得太多了。

在饭馆吃饭算不清账的时候，家里的路由器出现故障的时候，电脑瞬间黑屏的时候，分不清东南西北的时候，说不出芝麻是怎么种出来的时候，冬天汽车前挡风玻璃渐渐被雾气覆盖不知所措的时候，搞不懂作为清洁用品的小苏打和用来蒸馒头的碱面是不是同一种东西的时候……紧要关头，每每向人求助，在伸出援手的同时，对方也会叹一口气：唉，文科生。

是啊，文科生。

我的文科班同学曾经很认真地对我说："说实话，长这么大，我连飞机为什么能飞起来都不知道，也不好意思问别人。"

她说这话的时候，我扪心自问了一下，这个问题我也不知道，而且干脆连想也没想过。后来我找不少人咨询，才渐渐了解了关于空气动力的一些知识，当然，也少不了收获一些奚落。一个数学专业的毕业生甚至向我打听：请问在你们文科生的理解中，平行空间到底是个什么东西？和我们理科生理解的到底一样不一样？

没关系，谁让我是文科生呢！

在大多数人眼里，文科生就是糊涂的代名词，四体不勤，缺乏常识，是需要重点帮扶的对象；他们具有一见到数字就犯晕的过敏体质，是一切电子设备的"杀手"，拥有即便看不懂考题，依然能奋笔疾书，把卷子空白处写满的神奇能力。

不过身为文科生，有一个天大的好处：我们心宽啊。你很少见到有人因为被嘲笑"文科生"拍案而起，甚至连面红耳赤的争执都罕见。相反，在别人不屑地表示"这你都不知道"的时候，我和我的小伙伴们通常会送上一个贱兮兮的笑脸：当然不知道了，我是文科生，怎么会知道这个。

"文科生"3个字就像一副坚固的铠甲，可以抵挡住一切指责。但它也会让人安于现状，丧失了变得更好的可能性。当一个标签贴在身上，尤其是贴到心里的时候，大多数人都会潜移默化地受到影响，放大自己的一部分能力，或者以此给自己不愿意做的一些事找个冠冕堂皇的借口。

比如我自己，在成为文科生之前，我有看地图和看说明书的习惯。我上过4年的奥数，也曾被物理老师视为可以去参加学科竞赛的重点培养对象。我的生物和化学考过班里的最高分，解剖课和实验课上也屡屡被当成样板，站在讲台上给全班同学示范。

我并不是一个无知的人，或者说，我其实有能力成为一个拥有更强能力的人。而这些原本应该存在于我身上的学习能力、研究能力、动手能力和探索能力，真的不应该被"文科生"这个标签消磨掉。

我想，有那么一天，如果可以静下心来研究一下九宫格游戏，在汽车抛锚时独立换上轮胎，自己动手修理下水管道，对照说明书一步一步设定好音响的程序……那个时候我会很开心地对自己说：当个文科生，也挺不错的。

好好地做一只橘子

◇［新加坡］尤 今

蔡志忠绘画的天分，自小便显露了。而看漫画、绘漫画，更是他从小到大不曾中断的活动。十五岁读初中那年，他因成绩欠佳而留级，这时，台北一家出版社写信给他，邀请他为他们画漫画，于是，他决定辍学。

由于他父亲十分了解他对漫画的狂热，因此，对于他这项重大决定，毫不犹豫地同意了。

多年之后，当他以漫画家的身份获得台湾"十大杰出青年"的荣誉时，站在万众瞩目的台上，他泪水盈眶地说道："我要特别感谢我的父亲，因为他没有逼我继续上学，没有叫我去补习班，没有叫我去电脑班，也没有让我完成他一生未完成的愿望，因而我才有机会画漫画，感谢爸爸！"

蔡志忠从自身的经验得到一个极为可贵的启示：如果一个人觉得自己适合做橘子，父母不应该因为苹果红艳贵重而要他改做苹果，反之，父母应该尊重他的决定，让他好好地做一只橘子。

那时，在我所执教的班上，有一名叫陈雅丽的女生，长得方方正正、清清秀秀。注意到她，是因为她老是眉头深锁地把话语当金子。尽管上课时专心一致，测验却老是不及格。

一日，与她长谈，她这才尽吐心中郁闷："我对读书没兴趣，一直读不进

去。我想退学,改学缝纫,可是,我爸不许。"

她已高三。我自然劝她先把这年读完再另做打算。

然而,她天生不是读书的材料,父亲过高的期盼,加上功课繁重的压力,她不胜负荷,精神濒于崩溃。年中考试,她的怪言怪行招惹了许多闲言碎语,有人甚至背后称她为"小疯子"。

我拨电话约她父亲见面,他在菜市里当鱼贩。

我把他女儿的情况说了,请他做个决定。他想也不想,便斩钉截铁地说:"当然不能退学。她母亲早死,我将她辛辛苦苦地带大,就是希望她多读点儿书,你知道吗,我连她上大学的钱都准备好了。我身体不是很好,迟早都会死,她如果读不成书,以后我死了,谁来养她!"

我耐心地向他分析"行行出状元"的道理,可他一个字也听不进去。

陈雅丽的情况,愈来愈糟,脸庞日益消瘦,眼神日益涣散,与她谈话,她无语泪狂流。

我再度、三度、四度地约见她父亲,他置若罔闻。对他来说,万般皆下品,唯有读书高。

九月份的某一天，陈雅丽的座位空了。拨电话，没人接。次日一早，她父亲来校，满脸愁容地说："我载她来上学。她从电动车后面摔下去了，受伤了，请假几天。"

我婉转地请他正视女儿的健康情况，让她暂时休学，他还是一口拒绝。

一周后，陈雅丽出院，重回学校，整张脸，幽幽地发出一种可怕的青光。再过两周，她的座位又空了。

我在当天晚上电视的新闻报道中，错愕而痛楚地知悉，陈雅丽当天早上从十六楼的住家窗口飞跃而下，当场丧命。无法自行选择人生道路的她，以一种惨烈的方式，告别了让她痛苦的人生。

几天后，我接到了一通电话，电话的另一端，传来了一个喑哑沉重的声音："老师，我刚刚办完雅丽的丧事。"正嗫嚅着不知如何安慰这颗重伤溃烂的心时，忽然又听到他说："老师，对不起。"

啊，隔了许多年的今日，当我回想起他说出这三个字时那种仿佛淌出鲜血的悲痛与怅恨、懊悔与自责，我依然有一种落泪的感觉。

要是他不硬生生地逼陈雅丽去做一个珍贵的苹果，陈雅丽到今天还会是一只快乐的橘子啊！

生活画趣

◇陈卫卫

　　漫画家是离不开幽默的，丰子恺的漫画，一向以富有诗意和哲理著称，生活中的丰子恺为作画，也曾遇到很多趣事。

　　丰子恺总是带着速写本，走到哪里就画到哪里，由此积累了大量的绘画素材。有一次，去农村写生时，他看到田野旁的树林里有几个农妇正在扫落叶，她们各种各样的姿态引起了他的兴致，于是，他立即掏出速写本，躲在一棵大树后面画了起来。正当他画得入神时，竟被其中一位农妇发现了，于是，一群"娘子军"围了上来，七嘴八舌地大兴问罪之师：

　　"你画我们做什么？"

　　"准是画了去给洋鬼子的吧？"

　　其中一位农妇更叫嚷起来："洋鬼子会捉画中人的灵魂的呀！灵魂被收去，就活不成了！"

　　"不得了，决不能让他画去！"

　　那些女人越说越来气，有一个甚至伸手要抢速写本。面对这种局面，丰子恺纵然百般解释也无济于事。正闹得不可开交之时，幸亏村里的一位老人闻声赶来，问明了原委，替丰子恺解释了半天，她们这才息怒而去。在谢过了那位好心的老人之后，丰子恺急忙从口袋里掏出心爱的速写本查看，幸好八张描绘农妇姿态的画稿都完好无损，这才松了口气。

一天，在火车站的候车室里，丰子恺看到一个小贩拎着一篮花生米走来，他觉得其形象很入画，就一边观察他，一边伸手去口袋里掏速写本。那小贩以为丰子恺盯着他是准备掏钱，连忙走到跟前道："先生，花生米要买几包？"丰子恺愣了一下，无奈之下只好将错就错地买了两包花生米。

丰子恺喜欢清静，特别不喜欢和当时的政界人物来往，常常说："富贵于我如浮云。"《良友》杂志的编辑多次到丰子恺家中采访，拍摄他作画的照片后登在刊物上，称他为美术界的名人，并且对他的作品赞誉有加。丰子恺看了之后，对家中的孩子们幽默地说："其实，我不是明人（名人），而是清人。"然后解释说，明、清是两个朝代的名称，而名和明是谐音，名又是名利一词的首字，他不喜欢做名人，他喜欢做个清静的人。

丰子恺还曾因给家里的自鸣钟改头换面而引出一段趣闻。1936 年，他从上海买了台大自鸣钟，挂在缘缘堂的客厅里没几天，就感到钟面上那数字太过枯燥乏味，于是，他把钟从墙上取下来，用油画颜料把钟面涂成了天蓝色，再添上几条碧绿的柳丝，又用黑色硬纸板剪出一对飞燕，粘在时针和分针的尖端。这样一来，时针和分针走动时，就变成一对飞燕在垂柳中互相追逐了，客厅平添了无限的诗情画意。邻居们看到后，作为奇闻一传十、十传百，不久，附近的人几乎全知道了，许多人还特地来到丰子恺家里，一定要见识见识这个稀奇的自鸣钟。人们说："到底是艺术家，做起事来就是与众不同。"

提高心智力，成就意想不到的自己

世上没有绝望的处境，只有对处境绝望的人。当你感到悲哀痛苦或困惑迷惘时，最好是去学习，去改变。好的改变才会使你改善处境并立于不败之地。人只要勇于完善自己，有所追求，什么艰苦都能忍受，什么环境自能适应。

去罗马的路

◇麦 家

这些年,我很在意整理身边的物件,譬如时刻保持鞋架的整洁或书架的井然。我无洁癖,也不是没事找事,而是刻意为之。深知成功之难,挫折时时躲在镜子的死角或侧翼,而这些看似不起眼的日常细节,善待它,就能成为阳光或氧气,滋润自己,让心沉下来、慢下来、静下来,令自己保有一颗恒心,让坚持成为习惯,在不知不觉中坚持做一件事。

是的,只有当坚持成为潜行、变成习惯时,坚持才可能被喝彩、祝福。

很多人说过,我也这么看的:做什么事天分很重要,但光靠天分是做不成事的。天分是飘忽云端的锦彩,是闪耀水面的流光,虽然能够察觉,但还并不真正被你拽在手中,踩踏在脚下。它像你呼出或吸入的气,是你的,又不是你的。它比淡扫的蛾眉更纤细,比新人的目光更敏感。它急促而瘦弱,消耗或闲置是摧毁的前奏,寒冷落寞无言。当你蓦然想起它时,它也许早已随着时光流走,如同女人美丽的睫毛,秋蝉声中,含不住任何一滴眼泪。

记住,当你发现某种天分,请盯紧它,如同盯紧你的生命,然后朝着它来的方向寻去,以疯狂的坚持、歇斯底里的坚持、打破砂锅问到底的坚持,直到它逃无可逃,撞进你的怀里。你不必惮于进度缓慢,亦不必惮于走向极端。

何为坚持?两个字:一个"勤",一个"忍"。

说起"勤"字，或许首先让人想到"勤能补拙"这个质朴又带点儿褒奖意味的成语。我要说，这是一个谎言。勤是补天的，不是补拙的。让勤去补拙，无异于哪壶不开提哪壶，让自己谋杀自己。我不敢想象，若陈景润去踢足球，博尔特去做电脑编程，吴清源去研究天文，克林顿去救死扶伤……这个世界将变成怎么一番模样。人倘不能循天赋而动，越是坚持，越是自我为难，自我损耗，最后即便成功也是范进中举式的成功。我认为，天道酬勤，是天在先。这里的"天"字，既代表青天，也代表个人天赋。人人都有自己的天赋，把事业种在天赋的土壤上，做自己擅长做的事，辅以勤劳，辛勤浇灌它，有天助，有地助，有自己助，风顺雨来，雨过天晴，埋下的种子才会微笑。

　　再说"忍"字。人天生最怕"忍"字，卡夫卡说过：人类因为没有耐心才被逐出天堂，因为没有耐心所以永远无法返回天堂。人不过是一根会思考的芦苇，软弱、渺小流淌在我们的血液里、骨子里。渴了要喝水，饿了要进食，冷了要加衣，热了要降温。这么娇气软小的生命，怎么受得了天天在"忍"字中煎熬？在忍耐中坚持，如同热锅上的蚂蚁，只能逃生，是做不了事情的。但没有一个读书人会把天天掌灯读书当受罪，正如没有哪位晨跑者会为天天早起而叫苦，因为习惯使然。习惯既是生活方式，也是内容，在习惯中做事，像风消失在风中，是天人合一的意味，大道无痕的感觉。所以，要把"忍"字做好，最好的办法是养成习惯，让习惯去把这个字抹掉。

　　人生苦短，路途却漫长，沿途风大波恶，机遇与挑战并肩，诱惑和陷阱共存，你要自卑，更要自信；你要知彼，更要知己；你要辛勤劳作，更要循天分而动。天分是天意，要为天意去执着，不要让勤去补拙。通往罗马的大路只有一条，多一条都是歧途。

怨天尤人难翻身

◇吴淡如

最近，我到一位厨师朋友的餐厅吃饭。当晚，餐厅的人不多，朋友做完菜后，出来和我聊天。"唉，真不知道生意该怎么做。最近，我们这条街开了好多家餐厅，竞争者越来越多，把这里的生意搞得越来越难做。"他说。

他抱怨了很多事情。比如，台北的上班族越来越穷，很多人是"月光族"，根本没有钱到外面吃饭。还有，最近几个月天气不稳定，雨常常下得很大，人们不愿外出吃饭。他还认为，老板决定不为餐厅申请信用卡付账，客人得用现金，这应该也是客人不愿上门的理由。

我听着他的抱怨，忽然想起半年前我来这里的时候，这家餐厅刚开业没几个月，朋友觉得客人没想象中多时也曾抱怨："唉，真不知道生意该怎么做，这条街上只有我们一家餐厅，客人不会专程走过来，生意很难做。"

老天爷一定觉得，人类真难讨好啊。只他一家很难"集市"，多来几家集了市，又怨叹来抢生意的人多。

我对他说，或许我可以帮他解决问题，如果他有财务报表的话。他拿来了，我看了一会儿，不久就发现一个问题："你的生意在中午时挺好，但晚上不太好，这里是上班区，晚上恐怕不太好做。不如在晚上削减开支。你看，你的店里晚上有5个工作人员，但是平均每天晚上来不到10个人。如果晚班少请一些人，人力费用就会少很多。"

他听到这个建议立即反驳:"老板也觉得我请的人太多。可是我是从五星级饭店出来的厨师,不多请几个人,没有面子。更何况,有时晚上会有人订生日宴会什么的,万一客人忽然变多,我很难马上找人来帮忙。"

他不想变。我苦笑,知道自己不必再说什么。商业社会的数据都会说话,如果数据不够理想,一定有必须要解决的问题。如果只知怨天尤人,那么,你只能等着让问题打败你。

一个人如果一直怪来怪去,刚开始,他会过得很轻松,因为错都在别人身上,但他终会活得越来越沉重。最糟的是他会怪起自己的命来。怪命运最容易,因为天已注定,都不关自己的事。走到怪命运这个地步时,就难翻身了。

一个人的态度,决定他会不会找到光。如果他能心平气和地接受事实,并且想方设法改进,那么,他永远是一个值得期待的人。

和自己好好相处

◇杨　照

年轻的时候，我读过叶公超讲鲁迅的文章，到今天我都觉得没有什么比叶公超的这句话更能准确地描述鲁迅。叶公超说："鲁迅是什么样的一个人？He can not even get along with himself."这句英文的意思是：他跟他自己都搞不好，跟自己都处不来。我当时觉得叶公超讲鲁迅的这句英文太棒了！

然而年岁稍微大了一点儿，就发现其实叶公超用这句话形容鲁迅也不完全对。我的意思是，这话很有道理，但拿这话来讲鲁迅这个人，不再像我年轻时觉得的那么有道理。因为年轻时我觉得一个人不能与自己很好地相处是一件非常荒唐、可怕的事情。我认定鲁迅就是这种人。但年纪越大我就越感觉到，其实，真的没有多少人可以与自己很好地相处。想一想，你是否曾经认真地去问过自己这个问题：我能够跟自己很好地相处吗？

年轻时不太会意识到这件事，因为有很多方法可以让自己躲在热闹的人群中，让自己逃开单独一个人的境遇。或者再换个角度来看，我们这个时代一个很重要的特色就是：发明了许多方法让人逃避这个问题。

什么时候你会觉得你必须去面对自己，必须承认和自己相处没那么容易？只有当你认真地问自己"我到底跟自己处得好不好"的时候，才叫"独处"。绝大部分时候，我们都没有处在这样的状况。但是，我必须强调，人一直逃避和自己相处，终究还是会出问题的。

你可能有很多经验，但你不见得有体会。经验可以是外在的，是人家给的，可是体会只能靠自己。我想引用一首唐诗来解释这件事。

王维的诗《终南别业》的前两句："中岁颇好道，晚家南山陲。"中年以后喜欢修道、学道，直到晚年才搬到南山边去住。后面两句："兴来每独往，胜事空自知。"说当这个人有某种想法或感觉时，就一个人到山里面去。重要的是这句"胜事空自知"，通常很少有人会将这句话认真看待，因为后面的句子更广为人知。

"胜事空自知"的意思是，当我一个人的时候，我碰到好多了不起的事，但是只有我一个人知道。接着是大家最熟的那两句："行到水穷处，坐看云起时。"结尾是："偶然值林叟，谈笑无还期。"对我来讲，感触比较深的，就是"胜事"两个字，或者说，我对这首诗的理解是："行到水穷处，坐看云起时"是王维在帮我们解释，他遇到了什么"胜事"。

一般我们读到"胜事空自知"，会假想在山里面碰到外星人，或者发现了一大笔宝藏。大家讲的"胜事"，是指那种很稀奇、很了不起的事。但是王维说的是什么了不起的事？我走到水的尽头，坐在那里看着，就在那个时候，山后头或山上，云浮起来。这不是我们普通人认为的"胜事"，但王维却觉得这是最了不起的。这首诗告诉了我们什么叫作"独处"——只有独处，你才会有"胜事空自知"的那种境界。

重要的是你自己要有一个标准，决定在你的经验里什么事情是重要的，什么事情是了不起的。这些甚至无法去告诉别人，或者换另外一个角度来看，才值得告诉别人。

在这个时代，也许因为不懂得独处，或者因为有太多方式可以逃避独处，所以绝大部分的人都没有那种自信，也没有那种把握——在大千世界中、人际关系上、生活中，自己决定什么是了不起的事。我们有一种恐慌，这种恐慌让我们需要一直在人群里面确认：到底别人的感受跟我一样不一样？到底别人的判断跟我一样不一样？

棒喝自己

◇黄亚洲

  这些年我在国内参观过越来越多的公司总部与漂亮厂区，我的一个大学同窗就曾把自己管理的一家杭州丝绸厂，活脱脱打造成了一个精致的苏州园林。当然，眼前这家位于美国硅谷的谷歌总部，就不仅仅是一个企业的园林化，压根儿就是一座硕大的绿色园林，比我在国内见到的所有园林式厂区更显舒坦与大气，没有围墙，唯有茂密的古树、草坪、牧场、运动场，一栋栋五彩斑斓的建筑与一条条小径隐藏于一大块一大块的绿色之中，一家企业宛若蓝天白云下一个美丽精致的小镇子。

  进入谷歌总部，一直是闲逛园林的感觉，但后来，走向那栋办公楼之时，一只劈面相见的巨型恐龙骨架，倒是叫我一下子目光发怔继而心灵发怔了。

  为什么有恐龙？这是什么地方？

  深棕色的，骨骼魁伟，足有二层楼高，直直地耸立在一栋办公楼的前面。

  恐龙小小的头骨与尖利的排牙，此刻正直冲着我，造型相当逼真。开始还以为是一只真的恐龙骨架，后来知道是模型。

  临时做向导的年轻朋友贾明证实了这一点，说这就是模型，是谷歌公司特意去买来置放于此的。

  在贾明没有进一步告诉我，为什么谷歌要买这只恐龙骨架的真相之前，我瞪着这只张牙舞爪的东西，动用我有限的智慧，狠狠地猜想了一番这只巨型恐龙暴走于此的原因。

首先，我猜想，是谷歌公司要借此普及生物发展简史吧？但，转而一想，又觉此种猜测很显勉强，你想，既然是普及自然知识，为什么恐龙身旁没有剑齿虎，没有文昌鱼，没有任何配套的动植物，只有孤家寡人一只恐龙呢？

或者，我又想，是为娱乐吧？你看这绿荫遍地的公司区域内，各类文化体育设施这么健全，有足球场与网球场，有健身房、按摩室、游泳馆、人造沙滩以及沙滩排球场，还有各种游乐设施，自然也就可以锦上添花，再添一只恐龙，玩玩视觉，添一分情趣。再一想，这样的解释似乎也勉强，要玩玩，为什么偏是恐龙，而且又是一只骇人的骨架，放只米老鼠或者大黄鸭不是更幽默更有趣吗？

贾明给出了自己的答案，说据他所知，这是为了自我警示，也就是说，公司头头儿感觉自己的全球业务与自身实力实在太大了，大得营业额现在每年有上百亿美元，净利润也有几十亿，而且赚得还是轻轻松松的，但越是这样，公司的决策者就越有危机感，所以特地购来一只两层楼高的恐龙架子摆放于此，让公司总部的员工进进出出之时都能劈面遇上恐龙，并且思考同一个问题：恐龙体量一大，行动就显得笨拙，我们会不会笨拙起来？

当然，不光是一个关于笨拙的问题，还有一个关于灭绝的问题，恐龙的最终结局大家都是明白的。谷歌的头头儿们是不是还把这个更为残酷的问题也警示在蓝天白云下面呢？这自然是我个人的琢磨，想得有点儿多了。

不管怎么说，未雨绸缪，谷歌的头头儿要拿两亿年前的恐龙天天给自己说事，权当棒喝，头脑算是清醒的。

贾明说他当初进谷歌的时候，一开始也不知道这个典故，后来是几个老员工告诉他的。贾明在谷歌干了几年现在又离开了，去一家更小更灵活的公司当了创业员工，目前在努力将小公司上市。他那果敢的行动路线可能与这只恐龙的足印也有某种关联吧？这当然又是我的猜度，也想多了。

贾明还介绍了另一种说法，那就是这个地方的附近发现过恐龙的化石，所以要在这里摆一个霸王龙的骨架。但贾明又说，他宁可相信老员工悄悄透露给他的那个说法。

我也宁可相信那个关于警示的说法，那说法有意思，有战略意义。谷歌有意把一柄悬在头顶的达摩克利斯之剑改造成一只巨龙的骨架，谷歌以一种艺术的方式表达了它每天体会到的危机感。

我看过一则报道，说是谷歌目前推出的各种研究项目似乎越来越大胆，越来越超前，几乎可以用"惊天"或者"疯狂"来形容，譬如能像人一样独立思考的量子计算机；能像拼乐高一样拼出来的模块化手机；能以每小时近三十英里奔跑的机器人步兵；不久前已经推出的没有方向盘与油门的无人驾驶原型车，行驶全交给了人工智能；还有包括抗衰老、延长人类寿命的各种生物技术。

有一点可以断定，谷歌目前全速奔跑的年轻姿态，与它竖在自己总部大楼门前的这只恐龙的步履蹒跚，绝对有关。

每天棒喝自己，其实是很有用的。

苦肉计

◇张立宪

  严歌苓老师有篇短篇小说《小顾艳传》，里面有位贤妻良母，即使家里买得起一斤肉，她也就买三两，然后全部让给丈夫吃，再被自己的高风亮节感动着。她的丈夫终于忍无可忍，说："你就是要唱苦肉计给人看。"严老师接下来写道："这句揭露性的话太恶毒了，小顾体无完肤地愣在那里。"

  我当年看到这里，也是悚然心惊。我的内心触动，不是因为苦肉计本身，而是唱苦肉计所针对的对象。人家周瑜打黄盖，是为了火烧曹军连营；王佐断臂，是为了消灭番邦人马，都属于敌我矛盾，自残是为了弄残对方。而我们见到的许多苦肉计，施展对象却是己方的爱人，或家人，或熟人，纯属人民内部矛盾。施计，也并不是为了杀之而后快，而是出于为对方好、替对方打算的动机，甚至是以爱的名义。就像小说里的小顾老师一样。

  我们老吃货界有句座右铭，"吃朋友要像吃敌人一样"。人性中的苦肉计，更是这样。

  苦肉计唱多了，这些苦主才不觉得平平淡淡从从容容才是真，在他们敏感多情的小心灵中，凡事不经历些苦难，顺顺当当完成了，就总觉得不过瘾，对不住自己以及自己所爱的人。比如一个男生冒着风雪去见自己心爱的女孩，路上要不摔几个卷毛跟头，似乎这一趟就白来了。这种巴不得自己惨兮兮的心态，再往下延伸，就要成心摔得鼻青脸肿，或把本来只摔了两个的跟头口头增加到六个，自己的爱意才能被这几个跟头帮衬出来。

我仔细分析了一下苦肉计表演者的动机。就像小孩子希望通过夸张的动作或表情唤醒大人的注意一样，这些表演者试图通过追忆自己做一件事情所费的周折，渲染自己在过程中所受的折磨，捏造或夸大自己的伤口，提醒对方注意到自己被人忽略的艰辛和被人误解的委屈，把自己做的事情的意义强调出来，把自己在你心目中的地位强调出来，你可别拿人家不当回事儿——就像他所担心的那样。

比如我是出书的，情理上来说，书被读者买到手里，能够满足他们的阅读需求即可。不，才不，我要讲一个故事，告诉你这本书编得多么不容易，印得多么不容易，把一个惊心动魄的情节剧演完，浑然忘了体察你是否喜欢这本书，是否看得下去这本书。

你要中了这种舍本逐末、别有用心的营销苦肉计，还在乎什么书里的内容，纸上的字啊。

说到这里，苦肉计的心理成因就推导出来了：有所求，有所图。不管他表现得多么无私，多么有爱，多么无怨，多么多金，多么多情，多么不稀罕，多么不往心里去。

该说一句心灵鸡汤的话了。一个人强大与否、独立与否，有一个关键指标，那就是：自觉忍住不唱苦肉计给别人听，并能够悲悯地体谅那些唱苦肉计的人。

宝贝

◇林清玄

有一位中医告诉我，有三样现代人正在失去的宝贝。是什么呢？"就是流汗、放屁、打喷嚏！"这算什么宝贝呢？他说："你不要小看这三样东西，一个人如果会流汗，他就不会得风湿症；如果会放屁，肠胃内脏都不容易有毛病；如果打喷嚏，就能敏锐地感知到季节的变化，感冒寒热等症就不会侵袭他了。"原来流汗、放屁、打喷嚏这么有用，但是，现代人不是和古代人一样吗？为什么就正在失去呢？

"现代人夏天有冷气，在家里睡觉有冷气，办公室有冷气，甚至吃饭、运动有冷气，有冷气就不会出汗，所有坏东西都积在里面，时间一久，什么毛病都来了。现代人吃的食物太精致，大鱼大肉吃得太多，蔬菜纤维吃得太少，长期吃下来，连屁都不会放了，不放屁，肠胃脾都会坏掉。至于打喷嚏嘛，现代人夏天吹的冷气太冷，冬天穿得太暖，时间一久，失去了对环境感受的能力，连喷嚏也不会打了，所以节气一变，感冒生病的人总是成千上万。"

这位中医的话真是蛮有道理，他还告诉我，中国医学的传统很注意这三样宝贝，像感冒的人蒙被睡觉出一头大汗，确有奇效；像受了寒，熬一碗姜汤，放几个屁，什么胃寒体寒马上痊愈；像一打喷嚏要立即关窗加衣的传统常识……

中医的话很值得现代人深思，对应放屁、流汗、打喷嚏，在心理上也有三样东西，就是贪心、嗔恨、愚痴，贪心会使我们成为不自在的人，一个人如果不满足、不快乐、不自在，身体再健康，活得也不痛快。

贪、嗔、痴与屁、汗、嚏是一样的东西，所以放掉贪心，流失嗔恨，打掉愚痴，是我们心灵上的三样宝贝。

要做一个身心完全健康的人并不太难，第一步，就是把身体和心里的坏东西、坏念头通通流、放、打到体外，先回到一个纯净的自我，这时，追求健康并不是很困难的。

在佛教的《医经》里，佛陀曾说："人得病有十因缘。一者，久坐不饭；二者，食无贷；三者，忧愁；四者，疲极；五者，淫泆；六者，嗔恚；七者，忍大便；八者，忍小便；九者，制上风；十者，制下风。从是十因缘生病。"食无贷就是吃得太饱，制上风就是不打嗝、打喷嚏，制下风就是不放屁。

病的十因缘里说的无非是把坏的事物排出疏解，维持生理与心理的清净，才是健康的根本。可惜现代人不论好坏都往自己身体内塞，好的不肯给人，恶的不肯排放，身心的健康才逐渐成为一种难以企及的渴求呀！

在这个社会，只要人人肯一天说几次爱语，就不知道要增加多少和谐优雅的气氛了。

与你合谋害人者，也会害你

◇桃子大人

　　春秋时期，楚灵王亲率大军伐徐。他的弟弟子干看到大王不在都城，就动起了歪心思。他找到善于用兵的弃疾，说："国王不在都城，只有年轻的太子在处理朝政。你帮我把太子杀了，我就能当国王。到时候我肯定亏待不了你，让你当主管全国兵马的司马！"弃疾听完，一拍大腿说："你对我这么好，我就算肝脑涂地也得追随你！"就这样，他们合谋杀了太子，子干当国王，弃疾当司马。

　　子干当上国王后，就派弃疾去征讨在外的楚灵王。弃疾很快就打败了楚灵王，他要回城时却想：我虽然打了胜仗，回去了不过还是个司马。如果我能想办法把子干弄死，自己不就能当国王了吗？于是，弃疾自己没回去，反而不断传假消息，说自己打了败仗，楚灵王马上就要杀回来了！他又派自己的部下乔装成楚灵王的军队杀向都城，并大声高呼："楚灵王的大军进城了，誓要将子干千刀万剐！"子干一听，害怕极了，干脆自杀了。弃疾马上回来登基做了国王。如果弃疾心里有丝毫的忠诚仁义和良知，就不会跟子干合谋反叛。他肯跟子干合谋害人，就说明他是一个自私自利的人。当害死子干能给他带来更大收益时，他自然会毫不犹豫地去做。想要合谋害人，你只能去找那些没有是非观念的自私之人，而与这样的人合作，就等于是把毒蛇放在身边，迟早会被咬死！

同样的事情还发生在春申君身上。国王总是没儿子，就委托春申君帮他物色美女。有个叫李园的人，对春申君说："国王估计是不能生育，你给他找再多的美女也没用。我妹妹十分漂亮，我先把妹妹献给你，等她怀孕了，你再把她献给国王。这样，以后就是你的儿子当国王了，整个国家都是你的！"春申君一听，觉得这个主意太好了，就按照李园的话去做。最后，老国王病死，春申君的儿子果然当了国王。春申君高兴地去宫里，不料，李园早就埋伏下了刀斧手，将春申君杀死。这下，新国王还年幼，整个国家的权柄全都落在了李园手里。李园去找春申君，并不是真的替春申君着想，只是想利用春申君的权势和威望，为自己铺路。当他利用完了春申君，自然要想办法将其一脚踢开，自己独占果实。为了私利，找你合谋害人的人，只不过是在利用你。当他利用完了你，就会想办法将你除去。无论是你找别人合谋，还是别人找你合谋，你本身就已经放弃了做人的原则和底线，放弃了良知。所以你所能找到的也必然是自私自利的人，最终将会反受其害。合谋害人，是与毒蛇共舞，最后被毒杀的肯定是你！

用柔软的力量去改变

◇林志玲

  我在学生时期,从来没有想过有一天能拥有这样精彩的人生舞台。工作以后,老天爷突然给了我一个很大的礼物:知名度。但很快,它又给了我一个巨大的考验。2005年,一个广告拍摄现场,导演走过来问我说:"志玲,你这个马在飞奔的镜头虽然有点儿远,可是看得出来是替身,你要不要自己来试一试?"我想都没有想,说:"我试试。"我永远不会忘记"我试试"这三个字,它让我从马背上重重地摔了下来。那时候,马完全不受控制,直奔一片树林。我立刻做了一个决定,从马背上跳下来。就在我跳下来的一瞬间,被马狠狠踢了一脚。等我睁开眼睛的时候才知道,我受伤了。这个伤从心脏以下1厘米开始,有6根肋骨,7个地方断裂性骨折,也就是说再偏上1厘米,就没有现在的我了。医生说,肋骨断裂是最大的疼痛,他叫我一定要忍。我就问他会好吗?他说会。然后我就再也没有喊过一次痛,再也没有流过一滴泪。因为我要让全部的精力都来修复我的身体,即使那时连呼吸一口气都觉得好疼。

  我也谢谢这样一个考验,老天爷是要考验我够不够坚强,有没有这样宽阔的胸襟,可以面对一切。在之后的日子,我面对任何一个机会,都会像绝世珍宝那样珍惜。

  我人生的下一个转弯,就是电影《赤壁》,我面对的是很多质疑,其中就包括"花瓶说"。我脑袋里有一个想法,很想拿一个大锤子把那个花瓶砸碎。可是我告诉自己,我何必让他人的言语来左右我的前进呢?老天爷已经赋予我一颗柔软又坚强的心脏了,我应该不要再怕这些言语,我要用柔软的力量,让时间推移;然后用女人如水的姿态,温和但是很坚定地走出我自己的路,我不要让他人的声音决定我自己的价值,我要用我的行动来决定自己的价值。

我想大家在生活中可能也会遇到很多质疑,你也许会愤愤不平,可是如果我们太在乎的话,我们就会活在他人的言语当中,而慢慢地失去了自我。我觉得,人生的第一课就是学习接受;然后呢,把话说小,把事做好,是我们的进阶课程;接下来就是决定自己的价值。

到现在,你们已经听我讲了几分钟"娃娃音"了,有一阵子,我真的觉得:这个声音太不对了,我是不是应该改变一下呢?有一天,我在机场,乔装得很好,排队时说了声"不好意思"。旁边的婆婆立刻抓住我说:"你好瘦,你要吃饭,你要好好照顾身体,不然婆婆会心疼的。"她是因为我的声音认出了我,我的声音其实就是一个有辨识度的理由,也是一个可以拉近我和大家之间距离的原因。我为什么一直想把它丢掉呢?我的弱点也许就是我的优势。因为这样,你们记住了我。

我很感谢到现在为止所发生的一切,我想要和大家分享的就是:如果我们都可以转个念、换个态度,结果也许就会不同。不要让愤怒的情绪阻止你前进,我们可以用温和的言语去沟通。

很多朋友都会告诉我:"你最喜欢传递那种快乐正面的能量了。"我说:"这很重要啊。当你可以传递快乐的能量,你就会有善的互动;当人们有善的互动,你会发现,只要付出你就更喜欢自己,于是你就会拥有长在心底的善良以及这种快乐的能量,进而拥有长在骨子里的坚强。"

请给你的肉体以尊严

◇ [韩] 张英姬　译/沈　潼

因为有个论文必须交稿,所以连续几天我都没睡好觉。早晨起床化妆,感觉就像往牛皮上画水彩画似的难以吸收。我慌里慌张地吃完早饭,忙着为一个英文写作的课备课,不料在书里发现了有趣的问题。

有位富人在公园里散步,发现了蜷缩在长椅上睡觉的乞丐。富人很想知道乞丐的愿望是什么,于是问乞丐。乞丐说他只想在温暖的被窝里睡上一夜。富人于是答应乞丐,从那天开始,乞丐可以免费在最高档的宾馆里睡觉。结果第二天富人来到宾馆,却发现乞丐重新回到了公园的长椅上。富人就问他为什么回来,乞丐又是如何回答富人的呢?

我在课堂上提出了这个问题,学生们纷纷给出了富有才华和奇思妙想的答案:"换了地方,无法入睡。""成为富人好奇的对象,自尊心很受伤。""换到舒服的地方睡觉,结果再也没有梦想了。""还不如换成钱呢。"……突然,敏植同学大声说道:"一日为丐,终身为丐!"

同学们哄堂大笑。然而他这次的回答却非常完美。

我的脑海里还会浮现起很久以前的记忆。

那是1984年夏天,当时还在美国留学的我暑假期间回了家。在一个炎热的日子,我被想逛街的妹妹拉着去了明洞附近。

突然，妹妹指着挂在某个衣柜里的白色连衣裙说，她想试一试。

那家商店前面有很高的门槛，由于我身有残疾，无法跨过门槛，我干脆在外面等着妹妹。

女老板引导妹妹去了更衣室之后，突然发现了倚门而立向里窥视的我，她愤愤地说道："以后再来吧。没看见这里有客人吗？"

不明所以，这时，她又提高嗓门儿，大声说道："我叫你以后再来，没听见吗？这会儿没零钱！"

听见这句话的妹妹立刻停止试衣，一下子踢开更衣室的门，走了出来。

"你刚才说什么？你把我姐姐当成什么人了！我姐姐可是博士，博士！名牌大学毕业生，又写文章又出书……"

妹妹简直就像希腊神话里的愤怒女神。

女老板毕恭毕敬地道歉，但表情依然很委屈。看得出她非常真诚而惭愧，但神情中的郁闷未减分毫。

细究起来，她站在自己的立场上完全可以这样待我。我们的社会现实就是如此。

那年夏天的经历改变了我的生活方式。

拿到学位回国之后的第二天，我就脱掉牛仔裤，换上了正装。选择衣服的时候不再首先考虑实用性，而是以"不让自己像乞丐"为基准。

这种既浪费时间又浪费金钱的事被我当成了神圣的使命。进而言之，我认为这也是一种牺牲。既然我不能抛开拐杖走路，那就算是为了纯真地称呼我老师的学生们的体面，还有我容身其中的学校的声誉，我也不应该让自己看起来像个乞求铜板的乞丐。

于是，每天早晨我都要从宝贵如金的时间中抽出十分钟，用来涂脂抹粉。

全然忘记了那句"一日为丐，终身为丐"……

物的尊严

◇林少华

记得以前看过一篇散文,作者说他看见一棵被拔掉的枯树靠墙倒置,赶紧走过去矫正,使之树根朝下、树梢朝上,理由是为了树的尊严,即为了使树保持生前的正确存在状态。不知是不是受此暗示的关系——或者莫如说加重了我原本就有的某种心理倾向更为合适——即使花钱住宾馆,我也很注意"矫正"。例如墙上的画挂歪了,床头灯和台灯脖子歪了——偏巧,我住过的宾馆,包括五星级宾馆,画大多挂歪了,灯脖子也大多不正——我就非想方设法把它们矫正过来不可,否则心里就不安宁,不是灯下看稿走神,就是躺下久久合不上眼。盖因物的不正确的存在状态使我觉得自己存在于状态不正确的环境中。进一步说,在物有失尊严的环境中,人也似乎很难保持应有的尊严。换个说法,在某种情况下,人的尊严有赖于物的尊严。因此,当我偶尔听到宾馆服务员抱怨说一位客人居然用毛巾擦皮鞋的时候,我不禁愕然:人怎么可以这样对待物呢?毛巾的正确存在状态是擦手擦脸而绝非擦鞋。这位损害物的尊严的客人,哪怕皮鞋擦得再亮,尊严感怕也无从谈起。同样,一个以正确状态把旅行箱轻轻放在传送带上的装卸工,和一个气急败坏的野蛮操作的装卸工,你说哪一个更能从中体味工作的尊严感、人的尊严感?

不由得想起祖父。已经去世22年的祖父是念过私塾的农民。每天清晨起来扫完院子，他都要把扫帚尖朝上靠墙角立定，或让它安然躺在柴草垛上歇息。每次干完农活回来，他都要把手中的锄头、镐头或铁锹用木片或石块揩去泥土，然后整齐地立在仓房的固定位置，从不往哪里随手一扔。他只是打心眼里爱惜他的东西。记得20世纪80年代，我某年回乡探亲时给他买了一个广州产的"三角牌"电饭煲，一天傍晚我去他那里闲聊，他笑眯眯地看着炕桌上的翠绿色电饭煲说："啧啧，这东西也长脑袋了？比人脑袋都好使。人都不知道饭什么时候熟，可它知道，熟了就咔一声自个儿弹起！"

祖父穷了一辈子，真正拥有的东西不多，无非两三间草房、前后园子和半山坡上的二三十棵果树，外加一间小仓房和仓房里的农具，总共也不值几个钱，但谁都不能把他和它们分开。祖父晚年被在城里工作的叔父好说歹说接进城里住，但不到一年就独自回来，再不进城。他告诉我："城里有什么好？在城里就像断了魂似的。回来侍弄侍弄园子，早上起来看看树又冒出几片叶子，这多好！要多好有多好！"

如今想来，祖父同物之间应该是有了精神联系的，所以他才有那么纯朴的惜物之情，知道物也有尊严，进而从中觉出人的尊严。事实上，祖父不仅使物的摆放和整个居住环境变得整整齐齐，而且他本人的穿戴也在贫穷中保持了起码的整洁。尤其出门上街之前，总要刻意打理一番，头发梳得一丝不乱，始终注意体现一份做人的体面和尊严。

可以说，对待物的态度，实质上也是对待人的态度、对待自己的态度。换言之，物的状态是人的心态的物化。由物构成的环境若没有尊严感，人的尊严也很难实现和保全。

最美好的承担

◇张曼娟

我在东马遇见一位女记者，身形玲珑却充满能量。她曾是一个田径选手，刚到东马跑新闻的时候，也是第一个骑着摩托车满街跑的女人。只要有新闻，她便像箭一样地冲向前去，从不迟疑。她曾独自潜入连警察都不敢涉险进入的小岛，采访那些以劫持、抢夺为生的非法移民，谈着谈着发现那些人的眼神变了，她借口上厕所，找了船逃命一样地逃回来。

她也曾深入高山采访，夜里下山遇见浓雾，再强的车灯也穿不透，而她必须赶回报社去发稿，无可奈何，拼了命也要下山。与她同行的男同事没有勇气驾车，她只好自己来，摇下车窗，探出头去，看着车轮压住道路上的白线，一点儿一点儿地将车子开下山来。几个小时屏着呼吸，紧张到浑身被汗水湿透，衣服都能拧出水来。这些事是她的男同事都不敢做的，她一咬牙，就上了。使命必达，绝不辜负所托。

因为，这个工作是她从小最浪漫的梦想，她必然全力以赴。浪漫，不一定是风花雪月这一类的事，也可以是很扎实的。在没有电脑网络，连传真机也没有的年代，她常常写好稿子，就带到机场去等候，恳求准备搭飞机的商旅，替她把稿子带到吉隆坡总社。苦苦地等，苦苦地求，奇怪的是她竟然一点儿也不以为苦。

我们听着她叙述工作时冒的那些险，一阵叹息，一阵惊奇。但是，她微笑着说，这些都是以前，以前是不知道怕的，什么都不怕。现在不同了，现在有了孩子，做了母亲，什么都怕了。孩子还小，需要母亲的照顾，需要母亲为他们洗澡，为他们讲床边故事，需要母亲的拥抱，让他们感到安全。因为意识到孩子对于自己的依赖，因为放不开这些牵绊，开始感觉到危险，开始会考虑、会迟疑，哪怕不是发生在自己身上的事，也有了种种恐惧的想象。

虽然都说"为母则强"，母亲的坚强却是表现在捍卫子女的勇气上，她可以为孩子火里来水里去，可是，当她独自面对水火无情的时候，却因为想到子女而退缩了。成为母亲，一个女人便从本质上改变了。

少女时代很喜欢一首诗，抄下来送给朋友："书画琴棋诗酒花，当年件件不离它。如今七事都更变，柴米油盐酱醋茶。"虽然都还是做梦的年龄，却也懵懂地感受到成长带来的生命变化了。

等我们渐渐变为成年人，无可避免地承受许多生活的责任，才明白并不是没有梦想了，而是没有时间做梦了。我看着少女时的朋友，曾经比我更爱写诗，过着诗情画意的生活，如今，已经是三个孩子的母亲。为刚考上大学的孩子找出租屋；为还在念高中的孩子拦截电话与情书；为最小的孩子找好医生佩戴牙齿矫正器……她说她已经有好几年没进电影院看电影了。

她的孩子常常嘲笑她是个落伍的妈妈，在地铁里还会迷路。她有时候叹气说："为这几个小孩儿操劳这么多年，耗费大半辈子，不知道到底值不值得？"

她或许失去了作诗的能力，但她知道这座城市的哪条街有便宜又耐用的家具；她或许没时间再用花瓣拼图了，但却知道如何烘焙一个香喷喷的芒果奶油派；她知道沙发旧了不需要换沙发，只要换上漂亮的沙发布，就又成了崭新的沙发。她知道每个孩子爱喝哪种汤，喜欢吃哪种面包，她知道用哪种声调对他们说话，他们会对她心悦诚服。在这个世界上，没有别人，只有她知道。

当然是值得的，在岁月中一切的付出都是值得的，为的是把我们变成一个更完整的人，拥有更丰富的人生经历。

生命之门

◇倪 西

我的一位曾留学日本的朋友，在广州一个繁华路段买了一个铺位，准备开一家餐厅。我去的时候正好看到工人把原来的门都拆下来，准备更换。我以为是质量问题，大骂开发商无良。朋友笑笑对我说："你误解了，原来的门都是朝里推的，我要把门改造成朝外推的。"我说："把门设计成朝外推的很容易伤到过路的人，给自己造成经济损失。"他摇摇头说："伤人赔钱是小事，生命才是大事。"我不解。他说："这是我们家的'祖训'。"他给我讲了这样一个故事。

他的爷爷以前跟着一帮人以打零工为生，因为没钱住旅馆，他们经常睡在一个废弃的大院，大院里外都有柴草，可以御寒取暖。

一天，大院半夜突然起火，等大家发现的时候，大院已经是火光冲天。几十个人惊慌失措，他们一起向大院门口拥去。然而，还没等前面的人打开大门，后面的人就拥上来，一下把大门堵死了。因为大门的设计是门向里拉开，向外推不动，越推越打不开，一时间人挤人，人踩人，很多人不是被烧死而是被踩死了。他爷爷看到前面乱作一团，环顾四周，发现大院有个小侧门可以通往院子外边，上前轻轻一推，门就开了。他大声喊，让大家跟他走。那天晚上有一半人被踩死，一半人和他逃生。大火熄灭后，他回去拜谢那个幸运的小侧门。在残垣断壁前，

他细心地发现那个令无数人死伤的大门,开门时是要往里拉才开,而小侧门是朝外开的设计,一推门就朝外开了。

以后,他爷爷在家人建造房子时,都要把门改成朝外开的。有人提醒他爷爷这违背风水习惯,他爷爷反驳说:"有什么能比生命更重要呢?不要因好看而丢了性命。"他的家人一直谨记他爷爷生前刻骨的教诲。

朋友还说,一扇门,可以朝里开也可以朝外推。但在欧洲,家庭的门、大型商场的门等,门的设计都是朝外推开的;日本人家家户户的大门几乎都是朝外推开的,而中国人的建筑,门多是朝里拉开的……

请尊重一扇门,因为每一扇门都是有生命的。

错误习惯也能成自然

◇张 勇

习惯成自然。但习以为常的不一定都是正确的，一些不一定科学甚至错误的习惯也能成自然。

美国两条铁轨之间的标准距离约为1.22米，这个有整有零的奇怪标准，就是英国铁路的标准。美国的铁路最初是由英国人建的，所以沿用此标准。英国最初制造有轨电车的人是造马车的，马车的轮距就是这个标准。而马车轮距的标准又是罗马战车的标准，因为英国的许多长途老路都是当初罗马人为其军队铺设的，1.22米正是罗马战车的宽度。那么，为什么偏偏是1.22米呢？谜底终于揭开了：这是两匹并排拉战车的马屁股的宽度。于是，现代化的美国铁路，就这么不明不白地限定在马屁股的宽度之中了。

二战时，鲁尼在英国空军部队当后勤兵，负责给战斗机做保养。部队规定，战机的皮革座椅要用骆驼粪来保养。这让鲁尼苦恼不已，因为粪便的臭味实在难忍，可又不能违反规定。半年后的一天，由于骆驼粪短缺，鲁尼暂时闲了下来。望着那些不能保养的战机，鲁尼问战友："既然迟迟等不到骆驼粪，为何不用其他东西代替？"战友笑着说："就数你脑瓜好使？既然部队规定必须用骆驼粪，就说明它有特殊的功效。"鲁尼本想继续追问，可听着战友们嘲讽的口气，就没再吱声。不久，参加过一战的父亲来部队探望，看见鲁尼正忙着用骆驼粪擦拭座椅，便疑惑地问："你们怎么还在用骆驼粪养护皮革？"鲁尼理直气壮地答："我们一直如此，这是规定。"父亲想了想，笑着说："当年我们在北非沙漠地区作战，有大量的物资需要骆驼运输，可驾驭骆驼的皮具是用牛皮做的，骆驼闻到那味道，就会赖着不走。于是，有人想到用骆驼粪来擦皮具，这样就能盖住牛皮的气味，果然骆驼就听话了。哪料30年过去了，你们却将这方法沿用到飞机上，太可笑了！"听完这话，鲁尼将信将疑，随即去翻阅了史料，结果正如父亲所言。

　　雕塑家罗丹拜在巴耶老师门下学习雕塑。一天，巴耶教学生们如何雕刻植物。只见他握着一把大雕刻刀，很快雕好了一朵玫瑰花。这时，有人来找巴耶，他便交代学生，让他们好好练习，自己有事要出去一会儿。老师离开后，罗丹没有放松对自己的要求，他和好友爱德华比赛，看谁雕刻的玫瑰花又多又好。爱德华雕刻了没几下，就揉着酸痛的手臂抱怨道："雕刻这种花，为什么要用这样笨重的雕刻刀呢？倒不如换一种更小巧的刀！"罗丹立刻摇了摇头，说："虽然我也感觉用这种大雕刻刀有些奇怪，但老师这样教我们，一定有他的道理，还是不要轻易改变吧！"几个小时后，巴耶回来了，当他看到罗丹和爱德华的"杰作"时，不但没有夸奖他们，反而皱着眉头问："你们一直在用这种大号的雕刻刀吗？"罗丹赶忙点了点头。巴耶却非常失望地说："刚才我给你们上课时，因为一时找不到小号的雕刻刀，才临时用大号的演示了一遍。没想到你们居然一点儿都不懂得变通！"罗丹羞愧难当，并以此事为鉴，终成一代大师。

　　许多东西，一旦约定俗成，便成为一种有形或无形的标准，很少有人再去想它的适应性与合理性。把鞋子分为左右脚，仅仅是近一百年内的事情。几千年来，人们一直习惯于"一顺脚"，谁也没有提出异议。人们像对待"马屁股的宽度"那样，知其然而不知其所以然地熟视无睹，迟滞和耽搁了许多变革、完善和发展的机会。

　　在生活和事业中，常常会有"马屁股的宽度"在无形或有形中禁锢着人的思维。一旦找到这种思维的源头与症结，跳出约定俗成的框框，往往别有洞天。

富人的**自我控制**

◇陈凤兰

  美国著名的数学家乔治·盖洛普说："人们对历史上有些人物念念不忘，有时并非由于他们的政绩如何、战功多大、拥有多少财富，而只因为他们的某些性格上的细微特点。"财经作家吴晓波就调研过全球30位首富，发现他们在细微性格上极其相似：低调、坚硬，貌似不近人情，就像一枚硬币。换一个角度说，就是这些富人对自己有着近乎固执的控制能力。

  心理学家早就发现，一个人的自我控制能力与其人生成就似乎有着某种关联。1968年，美国心理学家沃尔特·米舍尔在比英幼儿园主持了著名的"果汁软糖实验"。实验开始时，每个孩子面前都摆着一块果汁软糖。孩子们被告知，他们可以马上吃掉这块糖，但是假如能等待一会儿（15分钟）再吃，那么就能得到第二块糖。结果，有些孩子马上把糖吃掉了，有些等了一会儿也吃掉了，有些等待了足够长的时间，得到了第二块糖。这项实验最初的目的，只是研究孩子在什么年龄会发展出某种自控能力。然而在14年、30年、41年之后，研究小组都获得了一致的发现：当年"能够等待更长时间"的孩子，在后来的人生发展、事业成就上都出乎意料地超越了那些"迫不及待"的孩子，也许这就是自我控制力强大的衍生作用。

  一位著名企业家曾经在事业发展得风生水起时犯过男人常会犯的错误，他想与结发妻子离婚,原因是大字不识的妻子对他的事业没有任何帮助,自己对她的感情越来越淡薄。可是理性睿智的企业家在离婚前做了一个调查,他挑选了 100 对有代表性的夫妻,有工人、医生、干部,有老师,也有老板,他一一询问他们对自己生活的满意度,最终他发现,这 100 对夫妻中没有一对夫妻对自己的家庭是完全满意的,没有一个家庭是绝对幸福的。于是,他放弃了离婚的念头,决定培养与妻子的感情,经营好自己的家庭。在 20 世纪 80 年代,这样一个资产千万的董事长能够如此自我约束情感欲望,坚守一份平静如水的婚姻,着实令人敬佩。

而著名的股神巴菲特对于财富的消费欲望,更是吝啬到令常人难以想象的地步。刚结婚时,巴菲特夫妇租房子居住在偏僻的郊区。等到巴菲特的公司开始盈利时,他们才花 300 万美元在市中心买了一座灰色小楼。结婚 47 年后,他的财产高达 620 亿美元,一跃成为世界首富,但他还居住在这座始建于 1921 年的灰色小楼里。巴菲特的人生座右铭就是"节俭",他不追求大豪宅,对新款手机、电脑、汽车也没多大兴趣,更不要说私人岛屿和社会地位这些虚幻的东西。他会将几百亿的财富捐出去,但生活中却极力节约开支,连手机费、上网费、房地产税、房屋修缮费等都会尽量控制并减少。

德国经济学家马克斯·韦伯说:"贪婪和控制是新时代企业家要面临的抉择。"而自我控制却是唯一的答案,因为"只有超乎寻常的坚强性格才能使这样一个新型的企业家不至于丧失适度的自我控制,才能使他免遭道德上和经济上的毁灭。"对于婚姻如此,对于金钱如此,对于所有的人生欲望都是如此,自我控制是所有富人在时代高标里保持常青的终极武器。

你是不是富人并不重要,重要的是在这样一个物欲横流的世界里,你有没有超越他人的自我控制约束能力,有了这个性格特质,那么你离成功也就不远了。

最重要的生活三问

◇张明帅

一位将军一直困惑于三个问题，于是，他装扮成平民，自行上山，去找禅师。

禅师正在菜园里翻地，将军说："我有三个问题，请禅师开导：一是做事最好的时间是什么时候？二是共事的人中最重要的人是谁？三是在每段时间要做的最重要的事情是什么？"

禅师没有回答，继续翻地。

将军见其年老体弱，接过锄头替他翻地，说："如禅师无以回答，请明确告知，我好返回。"

此时，一个受重伤的人路过菜园昏迷倒地，将军为他包扎好，让其卧于草棚。

次日，此人醒来，看到将军后，请求原谅。

将军疑惑地问起缘由，此人道："在一次战争中，您杀我兄、夺我财，我立誓要杀您。得知将军自行上山，于是埋伏于途中，不料，被您的手下所伤。本想自己必会丧命，如今，得到您的救助，我愿用余生做您的仆人。"

将军没有想到，这件事让他与一个宿敌的恩怨就此化解。

将军在离开之前，又问禅师那三个问题，禅师道："我已经解答了。"

将军疑惑。

禅师解释道："如果你昨日没有怜悯我，替我翻地，必定原路返回。在路上，

难免遭到此人的袭击。所以,翻地之时,是你最重要的时间;如果你昨日没有救此人,他便会丧命,你就不能与他和好,因此,他就是你最重要的人。记住,最重要的时间,莫过于当下,它是唯一能支配的;最重要的人,便是当下与你在一起的人;最重要的事,就是使你身边的人快乐。这便是生活的追求。"

将军大悟,欣然下山。

永远不服输，总有办法赢得了未来

要在这个世界上获得成功，我们就必须坚持到底，至死不能放手。在希望与失望的决斗中，如果你用勇气与坚决的双手紧握着，胜利必属于希望。所以，当你有所懈怠时，应牢记必须不断地努力，不断地奋斗，这样就没有征服不了的东西。

只愿世界不再与你为敌

◇莫　峻

　　今天吃完晚饭，本来想去跑跑步，却在微信上收到了一位上海老同学的消息。他很没出息地跟我八卦："你知道吗？咱们班上那个某某，居然留在美国了，而且是特殊人才引进计划特聘的。"

　　我说谁？他越是着急越是说不明白，最后急得爆出来了一句："就是我们高中时最笨的那个！"他这么一说，我才恍然大悟，一下就对号入座了。

　　不是他刻薄，也不是我戴有色眼镜。而是当时，那个女孩子，真的真的很笨啊。她连续三年都是整个年级睡得最晚、早自习到得最早的同学，上课的笔记也是记得一丝不苟，但只要是老师讲题目，但凡有一个人听不懂，那人必定就是她。

　　有一次，她拿着物理作业上去，老师反复讲解她都不懂，最后眨巴眨巴眼睛问老师："老师，我就是搞不明白，你怎么想到要用这个公式呢？"后来这个段子被物理老师在上课时拿到其他班级讲，立马火遍整个年级。

　　虽然遭到全年级同学的嘲笑、班上的同学排挤，但好在她生性乐天迟钝，一些讽刺、嘲笑，她貌似也根本听不出来……而且她那个时候还有比较志存高远的理想，那就是学医……

　　一进高三，各个班级都准备了宣誓大会，她上台后居然说了句，她想去美国学医……当时班上同学一听就"扑哧"笑了……

我前面某位女同学掩嘴和同桌窃笑:"就她?化学都不及格,还想去美国学医……哈哈,我还想去外太空研究火星呢。"

她就是傻呵呵地笑,好像不知道在说她一样。后来很久都没有她的消息,只依稀听说她考取了天津一所不甚出名的医科大学。

我听说后想,倒是如她所愿了,这样也不错。

而她出国的事迹也是颇值得一提,她当年出国并没有申请到奖学金,家里又拿不出钱,于是她求姐姐四处借债,加上研究生的奖学金和打工费用硬生生凑了第一年的费用,立下字据一毕业就开始自己还钱。

她就是这样硬生生申请了美国匹兹堡一所享有盛名的医科大学读博。然后毕业出来留在当地,还了钱。同学说完还啧啧称奇。其实也没什么奇怪的。再卑微的人也有权利拥有自己伟大的梦想,而任何一个梦想也都有实现的可能。

只是现在人们把梦想这个词粉饰得太光鲜高大,于是好像就只有那些人中翘楚才有资格谈梦想了。至于其他的人,那就都是白日做梦。于是现实就变得很可悲很可悲,没有梦的人,却在嘲笑有梦的人,把那些美丽的梦用讽刺和流言打碎。让那些有梦的人,跌回地面和自己过一样平庸的生活。

好像这样才是人生该有的轨迹。不管自己在这条路上走得痛苦还是快乐,都要把别人绑架着一起同行。这个世界之所以温柔,是因为有江河湖海、早春的花朵、夜晚的微风和清晨的阳光。是,我们虽然平凡、卑微,却依然可以在这个世界里面做一个小小的自己,遇见喜欢的事情,以及爱的人,然后一点点用心地、努力地积攒着去实现自己心中微弱的梦想。

哪怕这样的梦想在其他人的眼里是多么可笑、可悲与不解,却足以抵抗生命的阵阵空落与虚无,让我们找到活着的意义。

就是这么一种心酸的伟大啊。

所以,每一个有梦的人,继续做你们的梦吧。

只愿你在梦里甜美微笑,只愿世界不再与你为敌。

为什么你总是害怕来不及

◇达达令

夜里收到一条私信,一个姑娘告诉我,说家里催她结婚都快要把她逼疯了。她没有办法反驳父母,也不知道怎么解决这个问题。

我于是问:"那你有没有试着跟家里好好沟通这件事情,我觉得现在年过30岁的女生多了去了,你千万不能勉强自己啊……"然后,这个女生给我回复:"我去年刚毕业,工作还不到一年。"

不知从什么时候开始,我身边一群人向我请教问题的方式都是:我今年就要实习了,我明年就要找工作了,我觉得好恐慌;我快要25岁了,从来没有过男朋友,也找不到男朋友,这是不是一种病?该不该担忧?又或者是,我已经30岁了还没结婚,我是不是要孤独一生了?更有人问我,我越来越讨厌自己了,你能告诉我该怎么办吗?

看着这些杂乱无章的提问充斥在我的眼前,我试着坐下来平复一下我的情绪,然后问问我自己。我突然发现自己当年也是这么过来的,而且我如今也走在这条焦虑的路上,只是我从来不会刻意渲染这种恐惧感。

我想说说我一年前的焦虑。因为是在互联网行业工作,我每天看到的业内新闻都是无数个90后典型创业先锋出来做演讲,他们口口声声告诉你"我们的资本就是年轻"或者"90后就是牛,你们永远黑不完"一类的。于是,你看到

他们一个个成为商业精英，一路欢呼地走向人生巅峰。

张爱玲那句"出名要趁早"不知道毒害了多少跟我当年一样年幼无知的少男少女，我自己也曾经陷入这个诡异的怪圈中。夜里睡不着的时候，想着我身边的朋友都出国去了，都看世界游玩去了，都结婚生孩子了，老家的同学都成为一个个叫得上级别的人物了，而我自己还窝在这个租来的小屋里……想完以上种种之后，我得出了一个结论：我这辈子过得真失败。这种思维方式一直到去年的时候，还一直萦绕在我的脑海里。

有天，我读到了吴晓波的一篇文章，他写了几个人的故事，比如名满天下的画家及雕塑大师罗丹，是一个整天埋头于画室的孤独老人。所以，作者的结论是：是什么让某些人变得与众不同？那就是工作和足够的耐心。

这句话触动了我，我开始把精力转移到自己身上，不再一味地拿一个不可复制的他人的成就来刺激自己。

高中那年我写了一篇小说，本来是打算投稿给当时很火的新概念作文大赛，心里期待着哪怕能拿个优秀奖也好。可是，有天中午我翻到了韩寒参加新概念作文大赛的那一篇《杯中窥人》的文章后，我一个人窝在被子里哭了很久，然后起床把写好的手稿撕掉了。因为我觉得跟韩寒、郭敬明这类天才相比,我这辈子即使用尽全力,我的文学梦也是不会实现的了。

然后回到今天,这一年我27岁,我的第一本书筹备完毕,陆陆续续有很多的出书邀约在等着我。这是一件我意料之外的事情。

我周围人都说:"你好厉害!"而我很慌张,这种慌张不是因为我害怕别人的赞美跟肯定,而是我害怕给别人一种错觉——我轻而易举地就这么出书了。我知道自己每天投入了多少时间在电脑前;我知道自己会把时时刻刻在脑子里思考的各种事情都尽量记录下来;我甚至在青春岁月里一度因为问题想得太多,患上了抑郁症。

这些事情,我从来没有告诉过任何人,于是身边的朋友觉得我这个机会竟然是如此唾手可得,简单至此。

我以前总是害怕来不及,觉得青春时光好像要没了,很多人生愿望我要错过了,难道我这一辈子就要过完了?

我想了一会儿,给自己梳理了几个理由:一是我的积累太少了;二是我的修炼不够;三是我还没有见过更大的世界;四是我太懒了,各种拖延症在身上作死;五是方法不对,很多时候一味地努力付出,却从来没想过方向的问题。

这些答案出来以后,我的问题就迎刃而解了。以后,我也可以针对每个问题,都列出一二三四的解决方式,去一点点完善自己。但是,上升到意识层面,我想要什么样的人生呢?

我的前助理问,为什么还有这么大压力?她说:"因为对于我们这样的人来讲,目前的你,可以写你自己喜欢的东西,可以自由安排自己的时间,还能养活自己,为什么还会觉得焦虑呢?"

我细细想了一会儿,要知道,一年前的我绝对不会想到自己今天的这个状态。但是我知道,如今享受到这半点儿小成果,是我这些年自己思考总结外加揉碎重建的结果。那么按照这个逻辑推理,我现在要做的事情就应该是为我30岁的节点做出积累了。

嗯,这就是我想说的答案,因为焦虑,所以不满足于当下。我开始明白,焦虑跟孤独一样，可能就是生活本身的色彩，毕竟快乐只会占据我们人生的那么一点儿时间而已。明白这一点之后，我反而愿意带着焦虑上路了。

那些以前让我着急的事情，如今想来就跟升级打怪一样，每一次出现的时候都让我胆战心惊，但是一旦过了这一关又觉得也就那样，然后到下一关的时候我又继续焦虑起来，周而复始。

只是如今我开始适应这个节奏了，因为我相信每一段紧张刺激的升级游戏，都意味着我的成熟又高了一层境界。它更提醒我，那些克制与隐忍，等待跟蛰伏都是有用的。那些属于你内在的强大力量，那些你日夜积累起来的点滴能力，那些你从别人故事里拿过来、自己重新组建过的价值观，才是让你对抗这种"感觉一切都来不及"的慌张的力量所在。

我的偶像李普曼

◇吴晓波

2004年6月,我去哈佛大学当了3个多月的访问学者。肯尼迪学院为我安排的住处就在查尔斯河边上,每当日落时,我都会一个人去河畔的草地上散步。河水很清缓,岸边的乱石都没有经过修饰,河上的石桥一点儿也不起眼。300多年来,那里的风景应该都没有太大的变化。我每次走到那里,总会浮生出很多奇妙的想法。我在想,这条河边、这些桥上,曾经走过34位诺贝尔奖得主、7位美国总统,他们注视这些风景的时候都不过30岁,那一刻,他们心里到底在憧憬着什么?

我还常常想起那个影响我走上职业记者道路的美国人。1908年,正在哈佛读二年级的沃尔特·李普曼就住在查尔斯河畔的某一座学生公寓里。一个春天的早晨,他忽然听到有人敲房门。他打开门,发现一位银须白发的老者正微笑着站在门外,老人自我介绍:"我是哲学教授威廉·詹姆斯,我想我还是顺路来看看,告诉你我是多么欣赏你昨天写的那篇文章。"我是在18岁时的某个秋夜,在复旦大学的图书馆里读罗纳德·斯蒂尔那本厚厚的《李普曼传》时遇到这个细节的。那天夜晚,一颗梦想的种子,不经意间掉进了我尚未翻耕过的心田中。

在此后的很多年里,我一直沉浸在李普曼式的幻觉中。我幻想能够像李普曼那样知识渊博,所以我在大学图书馆里"住"了4年。我的读书方法是最傻的那种，就是按书柜排列，一排一排地把书读下去。我幻想成为一名李普曼式的记者，在一个动荡转型的大时代，用自己的思考传递最理性的声音。我进入了中国最大的通讯社，在6年时间里我几乎跑遍中国的所有省份。我幻想自己像李普曼那样勤奋。他写了36年的专栏，一生写下4000篇文章，单是这两个数字就让人肃然起敬。我也在报纸上开了自己的专栏，并逼着自己每年写一本书。我还幻想像李普曼那样名满天下。他读大学的时候就被同学戏称是"未来的美国总统"。26岁那年，正在办《新共和》杂志的他碰到罗斯福总统，总统笑着说："我早就知道你了，你是全美30岁以下最著名的男士。"

你很难拒绝李普曼式的人生。任何一个行业中，必定会有这么一到两个让你想想就很兴奋的大师级人物，他们远远地走在前面，背影缥缈而伟岸，让懵懵懂懂的后来者不乏产生追随的勇气和梦想。

当然，我没有成为李普曼，而且看上去将终生不会。

我没有办法摆脱自己的胆怯和生活的压迫。我躲在一个风景优美的江南城市里，早早娶妻生子，我把职业当成谋生和变得富足的手段。我让自己成为一个"财经作家"，在看上去舆论风险并不太大的商业圈里挥霍自己的理想。李普曼的一句话常常被我用来自我安慰："我们都成了精神上的移民。"

这些年来，我偶尔回头翻看李普曼的文字时会坐立不安。这个才华横溢的家伙著述等身，但被翻译成中文的却只有一本薄薄的《公众舆论》，这是他32岁时的作品。在这本册子中，他论证了"公众舆论"的脆弱、摇摆和不可信任。他指出，现代社会的复杂使得一般人难以对它清楚地把握。现代人一般从事某种单一的工作，整天忙于生计，既没有时间也没有心思去深度关切他们生活的世界。他们很少认真涉入公众事务讨论。他们往往凭印象、凭成见、凭常识来形成意见。正因如此，社会需要传媒和一些精英分子来梳理时政，来抵抗政治力量对公众盲视的利用。这些声音听起来由陌生到熟悉，渐渐地越来越刺耳。

尽管遥不可及，但这个人让我终生无法忘记。我常常会很认真地思考这个国家的走向与这一代人的使命，这或许是李普曼留给我们这些人的最后一点儿"遗产"。我们总是不由自主地沉浸在对大历史的苦思中而不能自拔，当物质的繁荣达到一定程度，贫富的落差足以让社会转入另外一种演变形态的时候，我们是否已经储备了足够的人才和理论去应对一切的挑战？我们对思想的鄙视、对文化的漠然、对反省精神的抗拒，将在什么时候受到惩罚？对于生活在这个时代的个人来讲，这都是一些没有办法回答的问题。

这些年来，我把自己的时间大半都投入中国企业史的梳理和写作中，我想在这个极其庞杂却并不辽阔的课题里寻找一些答案。我想静下心来做一点儿事，为后来者的反思和清算预留一些略成体系的素材。我还企图证明，这个社会的很多密码或潜流可能会淹没在中国经济和公司成长的长河中。

我倒是做过一件与李普曼最接近的事情。

2005年，我在一次版权交易中偶尔得悉，我当年在大学时读过的那本《李普曼传》，并没有得到作者罗纳德·斯蒂尔的授权，是一本盗版书。于是，我设法找到了翻译者，竟又得知斯蒂尔还活着，隐居在美国西部的一个小镇上。我通过电子邮件联系上他，斯蒂尔对当年的盗版行为非常恼怒，得知我想得到授权，先是表示不信任，后又委派华人朋友到上海面谈确认。经历3年时间，到2008年11月，我终于购得中文版权，并出版了最新版的《李普曼传》。此事几经周折，结局却得偿所愿——我终于用自己的方式，向李普曼致敬。

在我的生命中，李普曼式的梦想早已烟消云散，留下的只有一些听上去很遥远，却会让人在某些时刻产生坚定信心的声音。1959年9月22日，李普曼在他的70岁生日宴会上说："我们以由表及里、由近及远的探求为己任，我们去推敲、去归纳、去想象和推测内部正在发生什么事情，它昨天意味着什么，明天又可能意味着什么。在这里，我们所做的只是每个主权公民应该做的事情，只不过其他人没有时间和兴趣来做罢了。这就是我们的职业，一个不简单的职业。我们有权为之感到自豪，我们有权为之感到高兴，因为这是我们的工作。"

"因为这是我们的工作。"20多年来，时光让无数梦想破碎，让很多河流改道，让数不清的青春流离失所，却只有它还在星空下微弱地闪光。

我将死去，但仍前行

◇ ［美］保罗·卡兰斯　译／尹　名

当扫描完成后，我立刻开始看片子，诊断结果随即出来：双肺大片包块，脊椎变形。癌症。

我在神经外科的行医生涯中，曾和其他医生共同会诊过上千张片子，确认手术是否能带来希望。面对这张片子，我会在病历上匆匆写下几笔：癌症广泛转移——无手术必要，接着就继续干别的事情了。但是，这张片子不一样——它是我自己的扫描片。

我曾与无数病人和他们的家属坐在一起，讨论他们冷酷的前景——这就是医生要做的最重要的工作之一。如果病人是94岁，患有终末期的失忆症，出现严重脑出血，谈话要容易些。可对于像我这样的年轻人——36岁，并且确诊是癌症，能说的话就没有多少了。

我的标准说法包括，"这是场马拉松，不是冲刺，所以你每天得休息好"，以及"疾病可以让一家人四分五裂，也可以让大家团结起来——你们要了解身边人的需求，并且寻求外界支持"。

我从中学到了几条最基本的规则。谈到病情时需要坦诚，但又要留下希望的空间。说话时既要含糊又要准确："从几天到几周""从几周到几个月""从几个月到几年""从几年到十年或者更久"。我们从不引用具体的数据，通常也建议病人和家属不要在网上搜索关于存活期的数字,因为我们认为普通病人无法细致入微地理解数据。

在听到"X 疗法的生存率为 70%"和"Y 疗法的死亡率为 30%"时,人们的反应是不一样的。听到这样的表述,大家通常会蜂拥选择 X 疗法,哪怕这两种疗法的实际效果一样。

我的一个好友得了胰腺癌,结果我就成了他亲友团的医学顾问。尽管他们都是资深的统计学家,我仍然劝他们不要查找数据,跟他们说现在能找到的 5 年生存曲线至少落伍了 5 年。不知怎的,我总觉得光是这些数字还是太干巴巴了,或者说,医生在每天与疾病打交道的过程中,还需要根据当时的情况进行判断。更重要的是,我有这样一种冲动:保持希望。

你可能会以为,当我的肿瘤医生坐在我的病床边与我会面时,我不会立刻请她告诉我有关生存期的数据。但现在,我已经从医生的角色转到了病人那一头,我也和所有病人一样,渴望了解具体的数字。我希望她能认识到,我既了解数据,同时也知道关于疾病的医学真相,因此她应该能为我提供准确的、直截了当的结论。我能接受得了。

她干脆地拒绝:"不,绝对不行。"她知道我会查找关于这种疾病的所有研究——我确实这样做了。但肺癌不是我的专长,而她是这个领域的国际权威。每次看病时,我们都要进行一场角力比赛,而她总是躲闪着,不提及任何一个数字。

现在,我不再为一些病人执意追问数字而感到困惑了,我反而开始想,为什么医生在掌握了这么多知识,有这么多经验的情况下,还要把问题弄得这么云山雾罩?我刚看到自己的片子时,认为自己只有几个月好活了。片子看起来很糟糕,我看起来也很糟糕。我瘦了约 27 斤,出现了严重的背痛,一天比一天虚弱。

几个月来,我一直怀疑自己得了癌症,我看过很多年轻的癌症病人,所以得知结果时我一点儿也不吃惊。事实上,我还感觉有些如释重负。我接下来要做的事情很明显:准备去死。我大哭。告诉妻子她应该再嫁,然后为房贷筹钱。

我开始给好朋友写迟寄的信。

可是，在我与我的肿瘤医生第一次见面时，她谈到了有朝一日我将重返工作岗位。那时我会是游魂吗？不会。可是，我能有多长时间？沉默。

当然，她不能阻止我大量阅读文献。在查找资料时，我总是想找到一份报告，能告诉我一个准确的数字。大量研究显示，70%～80%的肺癌病人将在两年内死亡，这没有给我带来多少希望。可是话说回来了，大部分病人年纪都更大，而且大量吸烟。有没有一份研究针对的是不吸烟的36岁神经外科医生？我年纪轻、身体好，也许这会有帮助？又或者，因为我的病发现得太晚，又扩散到别处，我的情况远比那些65岁的吸烟人士更糟糕？

我的很多亲友对我讲述了种种故事，比如朋友的朋友的妈妈的朋友，或者叔叔的理发师的儿子的网球搭档得了和我一样的肺癌，现在已经活了10年。刚开始时，我寻思着这些故事的主角是不是同一个人，可以通过众所周知的六度分隔理论将他们联系在一起。我觉得这些故事无非是一厢情愿的想法和毫无根据的幻想。可是最后，这些故事渐渐渗入到我精通的现实主义的缝隙中。

接着，我的身体状况开始慢慢好转，这得归功于一种靶向药，专门针对跟我的癌症有关的某种特定的基因突变。我可以不用拄拐杖走路了，也可以说这样的话："嗯，我能幸运地活10年，这对我真的不大可能，不过也不是完全没有希望。"我还抱有一丁点儿的希望。

如果我知道等待自己的是几个月还是几年，前路或许会明朗很多。如果我还有3个月，我会去陪伴家人；如果我还有一年，我可以制订一个计划写完一本书；如果我还有10年，我可以回医院治病救人。"活在当下"的老一套说辞没什么意义：我应当拿当下怎么办呢？我的肿瘤医生只是这样说："我没法给你一个具体时间，你需要去发现对你最重要的事。"

在癌症被确诊前，我知道有一天自己会死，但我并不知道那是什么时候；在确诊后，我知道有一天自己会死，但仍然不知道是什么时候。而现在我已经深切地知道了，这并不是一个真正科学的问题。有关死亡的事实令人坐立不安。

医生们之所以不能向病人提供确切的建议，是因为他们做不到。有些病人的预期完全超过了合理范围——有些人希望自己能活到130岁，也有些人看到身上的一粒小痣就觉得死期将至——医生们有义务将对方的预期拉回到合理的可能范围内。

可是，合理的可能范围仍然十分宽泛。根据现在的治疗方案，我有可能在2年内死亡，也有可能再撑10年。如果你再将今后两三年可能出现的新治疗方案所带来的不确定性考虑进来，这个范围可能又会完全不一样。

病人想寻找的并不是医生们遮遮掩掩的科学知识，而是每个人都必须通过自己的力量找到已经存在着的真实性。

我清楚地记得一个时刻。那一刻，快要将我吞噬的不安突然慢慢消退了。那时，我想起了塞缪尔·贝克特写过的9个字，我在多年前上大学时读他的书，不过一直都没好好读，但在那个瞬间，这句话清晰地在我脑海中重现："我无法前行。我将前行。"我往前走了一步，反复咀嚼着这句话："我无法前行。我将前行。"接着，在某一个节点，我顿悟了。

现在，距离确诊已经过去了8个月，我的体力显著恢复了。经过治疗，癌症暂时蛰伏。我开始重返工作岗位，我拂去了研究手稿上的浮尘。我写得更多、看得更多、感受得更多。每天早上5点30分，当我按下闹铃，僵死的身体苏醒，而妻子仍在我身边酣睡时，我会又一次对自己说："我无法前行。"过了一分钟，我已经穿上了刷手衣，走在去手术室的路上，仍然活着："我将前行。"

只要在前行，暂时的输又何妨

◇胡晓鸣

多年前一个阳光灿烂的夏日，在看完《泰坦尼克号》后，年少的我沦陷了，这部电影长久影响了我的审美观。那些年，《泰坦尼克号》中至死不渝的爱情不只是感动了我，也感动了全世界的人。22岁那年，凯特·温斯莱特的初恋男友不幸离世，她将所有的情感投入自己所演的露丝里。这一角色也让全世界的人记住了这朵散发着古典气息的英伦玫瑰。

露丝一角让凯特·温斯莱特声名大振，但唯一遗憾的是，《泰坦尼克号》的11项大奖中无情地屏蔽了表演奖项。美国电影媒体在5年后盘点"最该得影后的遗珠"时，《泰坦尼克号》里的"露丝"排到了前3名。

此后，在好莱坞极受欢迎的凯特拒绝了一系列大片的邀请，开始选择小成本文艺片锻炼自己。2000年温斯莱特在《鹅毛笔》中出演法国大革命期间为爱情自由而献身的女仆。2001年温斯莱特出演了传记类电影《爱丽丝》，为她迎来第3个奥斯卡提名，那一年，温斯莱特确实成了年度最耀眼的女星之一，除了《美丽心灵的永恒阳光》，她与约翰尼·德普主演的《寻找梦幻岛》，也为她收罗了一堆协会奖提名。仅仅2年后，温斯莱特又因在《身为人母》中饰演了婚姻失意的家庭妇女莎拉而再次获得第79届奥斯卡最佳女主角提名，这次已是她第5次被奥斯卡提名，是同龄女演员中获奥斯卡提名最多的。

5度提名，5度失意。凯特相当沉得住气，5次失利并未让她失意，她是那种有格局的人，并未让眼前的失意羁绊住自己的目光，她仔细挑选剧本，潜心琢磨角色，对自己的要求愈加严格。那些年，她一直走在追求卓越的道路上。

直到2009年，她凭借《革命之路》《朗读者》拿到了奥斯卡、金球奖的双料"影后"。凯特上台领奖的时候说："如果我说我来这里之前没有准备演讲稿，那绝对是撒谎。8年以来，我一直梦想获得小金人，但握在我手中的总是沐浴露的瓶子。你们一定要原谅我（哭），因为我已经习惯了没奖可拿。"她的率真让台下掌声雷动。

之后她没有止步，6年后，第63届美国电视艾美奖的颁奖典礼上，凯特·温斯莱特凭借《欲海情魔》一举斩获迷你剧最佳女主角。继首次接触大屏幕20年后，她重新出演电视剧便成功摘取艾美桂冠。这朵英伦玫瑰在历经风雨之后绽放得更加明媚骄人。

她是我心目中特别有分量的一个演员，有大气却不傲气，有格局却不自负，有失意却不落寞。这么多年，我独爱她的坚韧、率真和明朗。她并不是天生的幸运儿，她是如此努力，当初的"露丝"一角，是她顶住重重压力从卡梅隆那里争取来的。而美丽，则是她坚持健身才得来的，她属于易胖体质，15岁那年，体重已经高达81公斤。胖乎乎的温斯莱特被戏剧学校的其他女孩取笑并得到一个令她永生难忘的外号"鲸脂"。从此，她开始健身，即使再忙，每天也要在跑步机上跑上2个小时。她又是如此聪慧，她因戏结缘，喜欢上了莱昂纳多，即使这份爱从来没得到过对方的回应，她很聪明地及时将这份感情转化成了友情，并在颁奖典礼上热泪盈眶地对他说："我很高兴我可以站在这里告诉你我有多爱你，我爱你13年了。你在影片里的表现让我叹为观止。（哽咽）我爱你，全心全意的，真的！"而最重要的，她是如此坚韧，一次又一次错失奥斯卡，成为陪跑者，她失意了吗？没有。她止步了吗？没有。光阴荏苒中，她在一点儿一点儿进步，慢慢地打造自己，雕琢自己。从她那里，我学到的最重要的东西就是，人生中，唯纯粹与热爱不可辜负，既然喜欢，就要坚持下去。只要一直在前行的道路上，暂时的失意和输又算得了什么呢？

炼狱 磨心

◇于 丹

几年前，我和中国科学院的研究员张文敬先生一行，来到北极、赤道和南极，就是想证明哪一年都是好年头，都可以很快乐。

途中，我们要经过处于"魔鬼西风带"的德雷克海峡。距离航程还有4个小时时，领队就拿了一大堆晕船药铺在了我的桌子上。

"如果不吃会怎么样？"我决定试试。

穿越这条传说中的"死亡海峡"，单程37个小时，往返一共74个小时。

漫漫长路，我什么也干不了，只能躺在床上看王阳明的《传习录》——从小便读过，却一直不甚明白的书。船剧烈地晃动，领队铁青着脸："你中奖了。我来过5次，这是颠簸最厉害的一回。"我不去看晕船药，继续啃书，还拿笔去画，留出一串心电图似的痕迹。头痛欲裂，恶心干呕，我突然翻到陆澄的故事。

陆澄在外修行，家中小儿病危。路遥难归，他忧心如焚。王阳明安慰陆澄："此时正宜用功。若此时放过，平时讲学何用？人正要在此等时刻磨炼。父子之爱，自是至情。然天理亦自有个中和处，过即是私意。人于此处一般都认为天理当忧，但忧苦太过，便不得其正了。"

所以，凡人这颗心多愁善感是一边，坚忍磨砺是另一边。要顺应天然，识得心体，就不可偏颇。

无独有偶。《论语》中，孔子告诉子贡：人生的更高境界是内心有一种清亮的欢乐，那是一种不会被贫困的生活所剥夺，即使富贵了也彬彬有礼的、君子的欢乐。子贡便以《诗经》之"如切如磋，如琢如磨"类比，孔子大为赞赏。可见，一个人只有经历了"切、磋、琢、磨"，方能"不器"，方能将已有之学、所历之事融会贯通，成就更大的格局。

　　"只有经历地狱般的磨炼，才能练出创造天堂的力量；只有流过血的手指，才能弹出世间的绝唱。"

　　为什么不吃晕船药？

　　或许锻炼了韧性；或许挑战了自我；或许颠覆了多年来的知识经验系统，去领略更广阔而透彻的人生；又或许什么也不为。但至少，我顿悟了多年未悟的《传习录》，明白了"人在事上磨"。

人生就像高尔夫，慢慢打一定会入洞

◇Mr.6

我有一个朋友，找来一位已经七十多岁的教练教他打高尔夫球。

教了几次后，他带着我朋友上场正式打十八洞。

七十岁的教练先开球，只见杆子一挥。"嗖！"球飞出去，笔直向前，非常直，但是不远。

球离果岭还有一段距离就落地了，这位朋友心想，不怎样嘛。

老翁说："我知道你在想什么。"

"我老了，七十岁了，没办法和你们比力气。"他继续说，"但，我还是可以靠一球一球打，来赢过你们。"

果不其然，打了几洞之后，教练每一球精准至极、遥遥领先，这才让这位朋友真正佩服。

故事还没结束。

就这样，他们一起走到了"最后一洞"，最后一洞，是要打过一个小湖泊，才能到达湖对面的果岭。

他们一前一后，老翁同样没失误，把球打到了对面的果岭，而我朋友失误连连，最惨的是，当他准备将球打到湖的对岸时，他瞄了老半天，迟迟不敢下杆。

"你一定在想，打进水里就死定了！"老翁说，"就要罚杆了。"

永远不服输，总有办法赢得了未来

朋友大笑。

"事实也是，"老翁说，"这个湖泊，十个人有八个都打不过去。你知道怎么打吗？"

朋友摇摇头说不知道。

老翁笑呵呵地解答。

"这时候，就要想象'没有水'。"他说，"心中无水，球不跑。"

那几个月和教练学习的过程，这位朋友学到最重要的一件事就是，高尔夫球场上的大多数障碍物，很多都只是在发挥"障眼法"之效，挥杆者看到前方有树丛、沙坑、水塘，这些障碍影响他的"心理"层面，比影响实际球路还大。

人生就像打高尔夫，眼中如果看不到沙坑或水塘，一球一球慢慢打，一定会越打越高。

但大部分的人，眼中满是沙坑和水塘！

看，我在这家公司哪有希望啊？上面有至少十个高级主管把位子都占满了，等到他们退休还要三十年啊！这，就是"沙坑"。

看！我这样的薪水要领到什么时候啊！买得起房子吗？这，就是"水塘"。

但遇到这些障碍就裹足不前、心生沮丧，是大部分人的"人之常情"。

大部分人于是沮丧、放弃、生气、害怕、绝望、怅然，不玩了！

但，如果没看到它们，一天一天努力地慢慢走，人生就像高尔夫，一定会打到最后一洞。

"我呢，三十岁就上球场了，"老翁说，"可是我到了六十九岁才真正学会打高尔夫。"

我朋友听了，心中一凛。

别等到七十岁，如果四十岁前就能懂得"人生高尔夫"的真谛，在这个高压、无未来的时代，或许会有很不一样的人生在等着你。

如何做到懒且高效

◇毒舌奶奶

你觉得这是个伪命题：怎么可能懒惰且高效？后来仔细一想，并不是伪命题，懒惰和高效，虽然交集不算大，但必然是有的。

我一直希望自己是个勤劳的人，但是实际上，我是一个资深懒癌患者。勤快用错了地方而造成了整个人生的低效率，也是人类特别喜欢犯错的领域。而这一点，懒癌患者看得特别清楚。言归正传，以我专注懒惰二十年的经验，谈一谈如何懒惰且高效的心得。

第一，也是最重要的一点，坚定不移地做自己喜欢的事。

我是摩羯座，人家说摩羯座是工作狂学习狂，我的大学室友听后得笑抽过去。我的室友A曾经说："你逃课的次数按照学生手册上的标准来判定，足够退学无数次。"后来工作，再后来自己做事儿，认识我的人都惊呆了——你又变回摩羯座了？我只能云淡风轻地说："你太不了解摩羯。"摩羯——不喜欢的事儿一分钟都如坐针毡，遇上喜欢的，把命豁出去都要做好。

所谓懒有懒福，说的不就是我吗？所以勤劳的小蜜蜂们可以去尝试各种高难度动作，但是对我们这种懒癌患者，我还是建议优先选择自己喜欢的事情——你那么懒，没有爱好，五分钟都坚持不下去，五秒钟都是煎熬，就不要太高估自己的耐力了。

第二，重要的一点，坚定不移地不做自己不喜欢的事情。

2007年，师兄就拉我炒股，我说我从来不是投机分子，后来师兄在股市里赚了一大笔回来说我笨，我一点儿也不后悔。我深信自己绝对不是炒股、理财的料。这一点我特别得意，再大的诱惑，我觉得自己实在提不起兴趣，就真的可以拒绝。但最近一段时间，我真的发现有的孩子为了另一家公司多给800元或1000元就换工作，放弃自己的专业，放弃自己所爱，我表示无法理解。

对了，跟人交往也一样。喜欢的，空下来就想聊聊天，不喜欢的，怎么叫怎么拒绝。友谊为啥是珍贵的？因为不是什么人都值得你产生友谊，别以为朋友多就怎么样，我们又不是混世的，知己三五，能解你忧，懂你愁，分享你喜悦足矣。

第三，依旧很重要的一点，不该计较的地方真的不要计较，该死磕的地方真的需要死磕。我一直认为在超市排队买打折产品，一早天不亮就跑去菜场买菜的大爷大妈们非常勤劳，但是为了一根葱，可以和卖菜的吵上半小时，我就实在看不明白勤劳的意义了。

有限的生命应该用在无限有趣的事情上，特别是对我们这种懒癌患者，本来睡的时间就比别人多，再把醒的时间用于斤斤计较，那岂不是太可悲了。

H小姐最近就是这样，好不容易换了一份薪水和职位都让自己满意的工作，因为和男朋友吵架天天魂不守舍，迅速被老板穿了小鞋，如今是没了男朋友也搞不定工作——因为一些鸡毛蒜皮的破事和男朋友往死里磕，谁也不让谁，然后这边工作需要严谨负责有态度，需要死磕的精神，H却瞬间懒癌附体，混混了事。

人生是有权重的。也许五十年后我们的权重全部在于买菜带孙子，但是现在，再懒也要把权重拨给工作和提高自身。如果权重错了，在错的范畴里再勤劳也是无用。真的还不如睡懒觉打游戏，好歹落一个脑子空空又轻松。

我们懒癌患者是很悲剧的，因为懒，时间比小蜜蜂们少多了，当然要在效率上优先他们一点点。做该做的事，做喜欢做的事，做事的时候火力全开，然后随便怎么懒去。

较真儿的曼妮卡

◇严文华

曼妮卡是来中国交流的捷克学生，在多个国家留过学，是一名具有跨国经验的博士生。

开始接触时，我并没有发现曼妮卡和中国学生有多大的不同，可一旦与曼妮卡合作，她就显示出很多不同之处，比如她的较真儿。

有一次，我请曼妮卡给我的研究生介绍她熟悉的数据统计分析方法。以前，我也曾让高年级研究生给低年级的学生分享过自己的经验，这对他们来说是小事一桩，但曼妮卡却把这件事情变得不简单。

曼妮卡开口就问我什么时候做这件事。这是一场非正式的分享活动，我说："你准备好了，随时可以做。"曼妮卡对照自己的日程表，与我讨论了一会儿，告诉我这个月不行，下个月有点儿紧张，要不放在第三个月？看曼妮卡一副如临大敌的模样，我告诉曼妮卡不要有负担，这只是学生间一次非正式的分享，不用花太多时间准备。曼妮卡说清楚这一点，但还是需要这么长的准备时间。

接下来，我不时地收到曼妮卡的邮件——为了保证不受打扰，曼妮卡很少使用手机，大部分的沟通工作通过邮件和面对面交流完成。曼妮卡问我：有多少学生参加？他们平时常用的统计分析方法有哪些？前一个问题我直接告诉了曼妮卡，后一个问题我回答不出来。曼妮卡建议把参加分享活动学生的邮箱告

诉她，她直接问。很快，我收到了曼妮卡抄送的邮件，曼妮卡针对参加者做了个小调查，了解他们的基础，了解他们最想学什么。然后，曼妮卡列出了分享内容的提纲，请我确认，并问我有多长的分享时间。看到曼妮卡做了这么充分的准备，我把分享时间从原先的四十分钟延长至两个小时。

不久，我又收到曼妮卡的邮件，问我是否能给参加活动的学生提前发送材料，包括提前阅读的材料以及一个数据文件，并请学生提前准备好一台安装了统计分析软件的电脑，运行她提供的数据尝试做分析。曼妮卡还特别与我讨论了学生熟悉、容易上手的数据文件，指定安装分析软件的版本。

临分享的前一周，我收到曼妮卡的邮件，询问教室里是否有多媒体设备，她需要投影仪；是否可以上网，她需要在线操作。同时，曼妮卡再次询问参加者，是否在运行数据时遇到了问题，她在分享时可以重点讲这些问题。我还得知，曼妮卡甚至前往教室测试了网速。分享的前一天，我又收到曼妮卡的邮件，询问教室里有没有备用电脑，供播放 PPT（演示文稿）时自己浏览下一页的内容，这样讲起来会更流畅。

分享的那一天，曼妮卡讲得非常棒。曼妮卡不仅讲解如何做，现场带领大家一步一步运行同一个数据文件，还告诉大家如何解读运行出来的数据，为什么这样解读。有一两个学生运行出来的结果和曼妮卡呈现的不同，学生着急得不得了，曼妮卡非常耐心地检查他们运行的步骤，找出问题并纠正。

  曼妮卡还推荐了一些网站，现场示范输入关键词，查找相关资料。我本觉得曼妮卡的这部分讲解多此一举，直接把网站给学生就可以了。通过演示，我发现曼妮卡做了更多的工作：示范如何从查到的信息中筛选想要的答案，没有想要的答案时，如何通过查找相近的信息寻找信息。曼妮卡把看上去很简单的事情做得很专业。测网速也是必要的，因为曼妮卡登录的网站有点儿卡，好在她准备了虚拟专用网络。分享结束时，曼妮卡还推荐了更多的资料和网站，告诉大家，遇到问题时可以请教不曾谋面的"老师们"。

  这次分享活动受到了学生们的热烈欢迎。我自问：年年都做类似的活动，为什么之前的与曼妮卡的这一次不一样？曼妮卡付出了很多，也调动了学生们的重视度和参与度，把一件看上去很不正式的活动变成了一场高质量的教学活动。

  曼妮卡已回国了，但我常常想起她做的事和她的较真儿。我不知道曼妮卡是怎样养成这种较真儿的，她做事不快，需要花很多时间准备，但她踏实，一步一步很从容，按自己的节奏而不是被人推动的节奏前行。刚开始，我并不习惯曼妮卡的较真儿，觉得她做事程序多，拿针尖当棒槌，但曼妮卡用行动表明：较真儿带来的是高质量的活动。

惊涛拍岸的人生

◇辉姑娘

在泰国普吉的一座小岛上，我认识了一家餐馆的老板。

他们家店面很小，却在当地非常有名，专卖烤龙虾和椰子饭，味道不错。墙上贴满了顾客们的手写贴纸，有的写"龙虾真好吃"，有的向女朋友表白，还有的画一些稀奇古怪的画和文字……世界各地的语言都有。那家店的店名则叫"LOVE（爱）"，听起来就温暖无比。

我们都很喜欢这里的店员，永远笑眯眯的，还经常过来问菜合不合口味。有时候来了坏脾气的客人也从不计较，送杯果汁就打发了。

我想他们应该是世界上生活得最轻松幸福的那类人，经济有保障，没有竞争压力，在如此美丽的小岛度日，心情愉悦，身体健康。这几乎可以称得上是未经任何风浪的完美人生了。

有次我跟一位店员聊天，说起我的感受。他听过后却笑起来，指着店门口的招牌问："你知道这里为什么叫'LOVE'吗？"

"大约是为了纪念某段爱情？"我猜测。

他摇头："你记得2004年印尼地震引发的东南亚大海啸吗？"

我当然记得。那场海啸死了几十万人，举世震惊。李连杰也险些遭难，回国后还因此成立了壹基金。

他说:"在那场海啸到来之前,我们的确像你形容的那样幸福。"

那场巨大的灾难突如其来,一夜之间吞没了他的房子和全部财产,使他变得一无所有。许多亲友被海浪卷走再无音信,连自己的命也是别人搭救回来的。那个时候,他孤零零地站在废墟之中,赤手空拳,身无长物,哭得像个傻瓜,绝望无比。

幸好,岛上的人互相施以援手,一起盖起房子,重新建了餐馆,他们悉心经营,辛苦工作,依然亏损了很久。好在害怕海啸的客人们在几年后陆续回到了这座岛上,人流渐渐多了起来,他们才开始盈利。老板给餐馆起名叫"LOVE"就是为了感恩那段经历。

我听得唏嘘,然而故事并未完结。后来的某个夏天,我重回这座岛时,正遇上一次大规模海啸预警,地震级数与上次一模一样。尽管最后海啸未发生,仍然惊魂不已。我置身其中,更觉震撼与恐惧。

没想到地震第二天,那家饭店便开门营业,我惊奇又不解,问店员难道不害怕吗?连续经历几次这样的心惊肉跳,为什么还愿意停留在这座小岛上?真的不要命了吗?

他的表情很平和,对我说:"LOVE 的意义不仅仅在于爱身边的人,更是爱着命运的安排。上帝让他们重新活一次,不是让人学会畏惧,而要学会无畏。在经历生死之后,反而可以坦然安定地生活在这座小岛上。相信一切自然而然地到来,不害怕可能重来的危险,不再顾虑未来行向何方。"

那是我以为的无忧无虑,却不知包容了多少惊涛拍岸,卷起千堆雪。

冒险一百天

◇ 庞 礡

电影《哈利·波特》中，卢平教过一个魔法——看到害怕的东西，就对它大笑。在笑声面前，恐惧便不值一提。纽约姑娘米歇尔·波勒（Michelle Poler）也学会了卢平的魔法。

米歇尔是个普通姑娘，可能更胆怯一点儿。看看她都怕些什么：怕疼；怕黑；怕辣；怕大大小小的动物，包括猫狗，也包括蛇；怕陌生人，总觉得人心难测，得小心翼翼；怕尴尬，不敢认识陌生人，但是也怕寂寞，坐在人群中会无所适从。

恐惧被分散在生活里时难以察觉，但把它们全部翻出来，列队摆好，自己的脆弱马上无所遁形。六十多天前，米歇尔拿出一张纸，列下所有恐惧的东西。每列一条，她都觉得心里的难受多一点儿。索性一直列下去，居然有一百条之多。

"我要用一百天把这些事全部做完。"她打开网页，在上面对自己宣战。

好事的朋友对此表示怀疑——这个随时可能尖叫的姑娘怎么会有这么大的胆子？不过既然下了战书，就不能不出战。

冒险开始了。

挑战从吃牡蛎开始。这种生冷湿滑的食物她从小就不喜欢，不过镜头鼓励了她。絮絮叨叨地讲完了怕牡蛎的所有原因后，米歇尔一口吞下了贝壳里的软体。

还有小街道里看上去最不干净的小吃摊——"我想看看，是不是真的吃了会得病。"连着吃下四个辣椒，她满嘴喷火，对着镜头哭笑不得。

她翻出童年记忆，不少小事都成了现在恐惧的根源。米歇尔小时候被狗袭击过，这件小事像一条忠诚的狗，紧跟着她，以至于她对所有动物都心生忌惮。到朋友家抱抱好脾气的猫，在路上搭讪经过的大狗，去公园里喂从栏杆间隙伸出舌头的山羊，动物们都出乎意料地友好。虽然记忆把恐惧放大了一万倍，但当米歇尔真的去碰触这份恐惧，却得到了它们温热的舔舐作为回应。

最大的恐惧来自生活习惯。没有手机的一天，她的兴奋没能超过五分钟。餐厅里、地铁上，她甚至找不到人来搭讪解闷——所有人都看着手机里的世界。终于回到家拿起手机的时候，她这么告诉朋友："这一天一点儿也不好受——既然是现代人，就不要妄想过过去的生活了。"

以前令人恐惧的生活变成了现在的探险历程。害怕早起的米歇尔搭上清晨五点的纽约地铁，在哈德逊河边看日出。河边人迹寥寥，大风在摄像机的话筒边呼啸。本来只是个起床挑战，米歇尔却收获了意外惊喜。

米歇尔每天记录下挑战，并描述挑战前后的对比，大多数"好害怕"在尝试之后都变成了"无所谓"。现在她已经可以在街上随意蹲下来摸摸狗，或者在地铁上和陌生人聊聊天。当恐惧的情绪不再被投射到现实，乐趣一下子迸发出来。

唯一让她感到更害怕的事情是出名，从前这不在恐惧之列，因为她从未做过红人。《每日邮报》报道了她的故事后，女孩脸谱网的点赞数飙升、好友请求爆表，她有时拿着摄像机在街上探险都会被认出来。他们甚至找出了她的前男友。

"或许他们应该尝试下别关注我，"米歇尔把脸谱网上的恶意留言拿出来念了一遍，然后诚实地对镜头说，"这真的挺恶心的。"

黑暗出发，光明登顶

◇乔 叶

那天，看访谈。访谈的对象是探路者联合创始人、登山探险家王静。她说常有人问她：为什么8000米级山峰的登顶行动都从黑夜开始？黑暗中的风险不是更大吗？

"其实答案非常简单：在黑暗中出发，才能在光明中登顶，在阳光普照中安全下撤，迎接下一座'山峰'。"

"在黑暗中出发，才能在光明中登顶"，不知道为什么，这话给我的印象深刻，虽然一时间我也不知它好在哪里。

直到那一天。

那天的我正在一段旅程中。乘坐的是夜晚的列车，预计黎明到达。黑暗中，我醒来上卫生间，看了一下表，四点多，睡意已远，便开灯看书。列车到达了一个小站，我走到站台上溜达了几步。天已有些蒙蒙亮了，周围是深黛青色的山，很纯净。我深吸了一口新鲜的空气，肺腑如洗。

天会越来越亮的——这个念头让我一下子想起了"在黑暗中出发，才能在光明中登顶"。

没人能从光明到光明。如果一个人只是从光明到光明，那么这种没经过黑暗检验的光明，也只是脆弱的，甚至是虚弱的光明。

必须从黑暗中出发，才能抵达真正的光明。这是多么优美的逻辑啊：从黑暗中出发的时候，当时虽黑，但想着会越来越亮，心里就充满了希望。如果是天亮时才启程，登顶时天也还亮，可返程时天就会越来越暗，心里就充满了恐惧，那才是真的危险呢！因此，从黑暗中出发，在光明时登顶，总比在光明时登顶，在黑暗中抵达要好得多。

世界无非明暗。一个真正的人，一段真正的人生，总是要从黑暗中出发的。"黑暗也是一种真理。"我喜欢陀思妥耶夫斯基这句话。人性的丰满和繁复都在这黑暗中，最深的同情、最大的悲悯和最宝贵的坚持也都在这黑暗中。

"在黑暗中出发，才能在光明中登顶。"

——也只有从黑暗中出发的人，才最配得上光明吧。

越努力，越幸运

◇夜未央

  还记得经历过岁月打磨的外公总是对我说，艺不压身。在他们那个物资短缺的年代，学得一门好手艺就有了闯天下的勇气。他就是这样走过来的，靠着自己扎实的技艺，一砖一瓦，置办了这个家。

  人有什么样的历程，就会有什么样的感悟。抛开长辈式的固执，家人在平和氛围里讲的一些道理总是没有错的，可惜我总不爱听。在我还不懂事，还不知道努力和未来是何物的时候，他逼着我努力，时时刻刻监督我，丝毫也不放松。在我明白事理之后，我会敦促自己努力。

  一晃，很多年过去了。

  这些年里，很累很累的时候，我也会有懈怠情绪，会不停地追问自己，我为什么要努力？努力了就会有一个好结果吗？如果没有好结果，那么我努力的意义又是什么？这些问题像被猫叼走的毛线球，它耍了一圈回来，发现缠缠绕绕，到处都是死结。它可以不管不问，卖个萌就跑掉了，但它的主人却要收拾残局。可以团成一团扔进垃圾箱，不过更多时候，是选择清理，剪掉无法收拾的，将可以整理的重新缠到一起。

  不可否认，问题也是这样。选择搁置不理，被遗弃或者被遗忘，它终会变成一堆毫无用处的垃圾。如果选择思考，找到问题的答案，它就会像那重新被缠起的毛线球一样，成为财富。

这种方式，归结为多尽一份力总是好的。

即使无心浏览新闻，新闻也会以各种方式传到我们耳朵里。成功之后，总有人细数他们的成功史。我们看着新闻，总爱撇嘴，因为那个人不是我们。安慰自己的时候，会不服气。那么，我们有没有想过，为什么一飞冲天的不是我们呢？

觉得人生不如意的时候，我们总爱抱怨自己运气不好。那么静下心来想一想，你吃过多少苦，经历过多少磨难，觉得哪里不如意？都知道努力未必会成功，但努力之后的失败也是生命的财富，向死而生说的就是这样的道理。人的好运气会用光的，坏运气也一样，总有用完的一天。努力过后，积累了那么多的失败，也会成为一个久病成医的路霸，那正是好运来临的拐点。

在北海道三石郡的信田牧场，一匹叫春丽的小马出生了。因为它的父母都是日本顶级赛马会——中央赛马会的皇家赛马，血统的优秀，使得它注定会成为一匹赛马。训练它的是高知县最好的赛马师宗石大，他曾经调教出十多匹入选中央赛马会的赛马！尽管春丽每到赛场上就很兴奋，也超级想赢，可它偏偏从来就没有赢过任何一场比赛，尽管它几乎跑遍了全日本各地的赛马场。

宗石大也很无奈，也许是倾注了太多的心血，即使发现了它发育有点儿滞后，却仍旧没有放弃它。可惜换来的是 105 场连败，成绩糟糕得让人吐血。但是有越来越多的年轻人跑来看它的比赛，他们想，失败了那么多场，总会胜一次的吧！也有人说，坚持下去，总会有机会的，我们陪着它。

如果是最强骑手和常败将军合作，会不会擦出一点儿火花呢？于是，排名第一的骑师武丰带着 16 连胜的成绩来了，可即使是他，也没有改变春丽连败 106 场的命运。因为不忍心面对失败的结果，宗石大在赛场边上转过身去，哭得特别伤心。

连败的纪录还在刷新，一直连败 113 场，因为伤病，它不得不暂时休养。可太多太多的人希望它能回到赛场上，他们需要即使失败也不会失业的春丽给他们信心，春丽代表了普通工薪阶层的希望与命运。因为太多人喜爱，春丽的博物馆也应运而生，为它颐养天年的养老基金会也募得了充足的钱粮。在日本中央赛马会，春丽的画像甚至和日本赛马史上最伟大的赛马阪本龙并列摆放在一起。他们认为，虽然阪本龙是一匹伟大的、曾经让整个日本为之沸腾的赛马，但春丽却感动了整个日本。

如果不是因为努力，春丽永无获得这份幸运的可能。

别害怕自己曾经卑微。火苗再小，反复点燃，终有一天会成为熊熊烈火。马云说，在这十五年里，他有一万次想过放弃。

而成功，是努力之后的余兴节目。不期而至，却如同原野般辽阔。

更多的时候，平凡如我们。即使灵魂丰饶，现实也碌碌。也许太多人不看好我们的未来，但我们努力不是为了让他们满意，也不是为了去尝遍所有失败的滋味，而是在一次次跌倒了又爬起来的时候，能看得见自己并未辜负这大好的年华。以心的荣光，来兑换一场酣畅淋漓、老无遗憾的岁月，来告慰这春意正好、适合奔跑的青春。

人生的海因里希法则

◇金兰都

  美国一个保险公司的安全工程师海因里希，在分析了各种生产事故以后，得出一个结论：如果有一起重伤事故发生的话，根据统计，之前因为同样的原因造成轻伤的人会有29名，而因为同样的原因或隐患险些受伤的潜在人群则有300名之多。

  因而海因里希法则又被称为"1比29比300法则"，它是产业灾害预防和风险管理领域中非常重要的理论。这一原则说明，一次大的事故并不是偶然发生的，而是已经发生过29起轻伤故障，并且出现过300次的"差点儿出事"的隐患后才发生的。我之所以提到这个法则，是想表达：即便是很小的隐患，我们也应当彻底解决。

  但海因里希法则更可怕的地方，在于人们往往以相反的思维接受它。"不用担心，我已经经历了300多次，什么事都没有"，就算出事，也不过是29次轻微事故而已。如果人们毫无警惕性的话，早晚会发生无法挽回的灾难。

  我们在生活中，也会重复相同的事情。其中最有代表性的，就是酒后驾车。平生第一次酒后驾车时，几乎没人会发生酒后超速，或者遭遇平生无法挽回的事故。因为小酌了几杯，所以回家的路上小心翼翼地开车，没有超速，也没有发生事故，这样的事情反复几次之后，"不会有事"的想法就越来越坚定，慢慢地，酒后驾车就变成了常事。殊不知，这种"什么事也没有"的小隐患，正在朝着酿成大祸的临界点不断累积。一旦某天突发"大事"，后果就不是超速那么简单了，有可能会给自己和别人带来无法挽回的伤害。这就是海因里希法则可怕的地方。

其实又何止酒后驾车如此呢？成年之后的我们，总会犯下或大或小的过失，如果因为没有出事，就认为以后也不会有事，最终会像奥斯卡·王尔德的小说《道林·格雷的画像》里讲述的那样：

如果他的人生中，每当犯下罪行的时候，能够受到惩罚就好了。惩罚可以令人得到净化。一个人向神祈祷的时候，不应说"请原谅我们的罪"，而应说"请惩罚我们的不义"。

相貌出众的青年道林·格雷得到了一幅自己的画像，那之后他本人便不再老去，而是由画像代替他老去，尤其是每当道林·格雷犯下恶行的时候，画像会代替他变得凶残丑陋一点儿，然而他本人却一如既往地美丽。保留了青春和美貌的道林·格雷，在人生最后的悲惨时刻，才发出这样的感叹：如果每次犯下罪行的时候，都能够付出相应的代价，也许他就不会变得如此堕落。

如果道林·格雷能够把海因里希法则应用到自己的人生中，我想也许他就能避免酿成悲剧吧。

今天你有犯下平安无事的过失吗？那不是万幸，而是不幸，是你受到的警告。海因里希法则仍在继续，在事故的现场，也在你的人生中。

走得远的，都是自愈能力很强的人

◇李筱懿

1918年12月23日深夜，巴黎的某个街角，两辆马车轰然相撞，其中一个车主随着车身一起翻覆，被压在沉重的钢铁支架下，口袋里滑落出一串珍珠项链，刺眼地闪耀在血色中。

这个男人叫亚瑟·卡伯，是当时著名的贵族和工业家，几乎100年后，即便贵族的徽印被时光涤荡，他还有另一个知名的身份：可可·香奈儿的恋人和支持者。

他资助一文不名的香奈儿开办自己的帽子店，从制作精良的男士服装中汲取灵感运用到女性衣饰中；他请巴黎最红的歌剧演员戴上香奈儿设计的帽子成为上流社会的广告牌；他用才华和财富帮助她走近梦想，却在她31岁的时候，被那场车祸戛然带走，珍珠项链是他送给她的最后一件圣诞礼物。

亲眼看到原本英俊的恋人被撞得面目全非，天人永隔的痛苦被再一次放大，只是，香奈儿安静地用手帕包起那串染血的项链，把眼泪、悲恸、尖叫通通咽到心底，她为自己做了一款小黑裙，剪短了头发，无言地悼念自己的爱情，没有歇斯底里的悲鸣，只有隐忍不露的寂寞。

几乎两年的时间，她在沉默中度过。

1920年，香奈儿陪同俄国大公爵巴卡扎洛夫参观瑞士珠宝矿，被钴蓝和锗红两种宝石的魅力吸引,她闪电般地想到卡伯留下的那串染血的珍珠项链,灵感瞬间迸发,她把二者结合,将各种不同颜色和质地的珠宝镶嵌在一起,丰富了珠宝的颜色和样式,在公爵的帮助下,香奈儿又找到了人工珠宝与天然珠宝混合镶嵌的设计方式,这种风格与二战前人们务实节俭的潮流一拍即合,香奈儿珠宝开始风行。

于是,在与痛苦的博弈中,她收获了人生最精彩的成就:小黑裙和香奈儿珠宝。这两项创造与香奈儿5号香水、粗花呢外套、255包等,一起构筑了时尚传奇。

可见,痛苦并不总是摧毁的力量,它同样能够赋予一个人新生。

《金刚经》里说人生有七苦:生、老、病、死、怨憎会、爱别离、求不得。

大多数人都喜欢把自己的痛苦想象得独一无二、销魂蚀骨,其实,在人类漫长的进化中,真正绝无仅有的东西凤毛麟角,大部分人和事都能用三个字概括:不出奇。

就像冯仑说过:伟大,都是熬出来的。

生活中走得远的,都是自愈能力很强的人。

所谓极致的忍耐

◇智 缘

从前，有一个贫穷的沙门。他穷得一无所有，终日以乞讨为生，但他是个虔诚的佛教徒，从不伤害生灵，甚至不惜牺牲自己。

有一次，这个沙门一连三天没吃到一点儿东西，饿得头昏眼花。他路过一户人家，便跌跌撞撞地走进去讨饭。这是一个富商之家，家里富丽堂皇，陈设极其考究。女主人见他饿得可怜，便令用人摆上丰盛的饭菜款待他。沙门非常高兴，狼吞虎咽地吃了起来。

这家的男主人，是个珠宝收藏者，经常高价收购来自世界各地的奇珍异宝，家里珍藏的名贵珍宝应有尽有，简直成了珠宝陈列馆。

这一天回家，他又兴高采烈地拿回一颗珍珠，这是颗光彩照人、价值连城的珍珠。他走进房内，只见有一个沙门在独自吃饭，便把珠子放在桌上，转身进内室去换衣服。就在他刚刚转身离开的时候，家里养的一只鹦鹉飞了过来，一口将那颗珍珠吞进肚里。

不一会儿，男主人换好衣服和妻子一起出来了。他忽然发现那颗宝贵的珍珠不见了，便急忙向沙门问道："那颗珠子哪儿去了？"

沙门一听愣住了，随即回答道："什么珠子？我没看见啊！"男主人又追问道："那么，刚才有人来过吗？"

这个沙门回答道:"不曾有人来过。"

于是男主人勃然大怒道:"我刚才明明把珠子放在桌上,而这里除了你之外,再没有其他人,珠子转眼之间就不见了,肯定是你偷的!你这个没良心的家伙,我们好心好意地用饭菜招待你,你却恩将仇报,偷人家的东西。今天如果你老老实实地把珠子交出来,我便饶你一命,否则就把你活活打死!"

沙门闻言并未惊慌,反而坚定地说道:"我没拿,绝不是我拿的!"男主人听完大怒,抄起一根木棒,劈头盖脸地向沙门打去。沙门被打倒在地,鲜血直流。

此时,那只吞了珠子的鹦鹉要飞过来饮血,恰好与男主人挥舞的木棒相撞,当即被击身亡。这时,沙门说话了:"住手!我告诉你吧,是那只鹦鹉吞了你的珍珠。"

男主人一听,忙吩咐仆人把鹦鹉的肚子剖开,果然取出了那颗珍珠。男主人手持珍珠,奇怪地问道:"你明知是鹦鹉吞了珠子,可你为什么不早说呢?也免得受此皮肉之苦。"

沙门回答道:"我持佛戒,不得杀生。本想告诉你真相,又担心鹦鹉遭剖腹之祸。现在鹦鹉已经死了,说出来也无所谓了。如果鹦鹉未死,你就是打死我,我也不会讲的。"

男主人听罢,内心十分惭愧,连连向沙门赔礼道歉。而沙门却平静得像不曾发生过此事一样,脸上毫无怒色。

沙门如此坚守自己的信念,让人钦佩。对于平常人来说,要做到这点确实不易,但正因如此,才要学会坚持,学会忍耐。

慢下来走,一切才会有最好的安排

让生活慢下来,不是提倡在该忙的时候偷懒,而是要用心发现生活之美。慢生活是注视夕阳的一秒钟,是浮躁的情绪稍息的一瞬间,是静下来喝一口茶,蹲下来看一朵花,是节制自我,是张弛有度。

选择的自由一直在你手里

◇谭洪岗

法国微电影《镜子》，视角十分独特，用清晨浴室里的镜子，见证了男主角一生的经历。他每日对镜洗漱，抬头俯首间，从小男孩的纯真无邪，到青春期的满怀憧憬；热恋时，满心欢喜地将恋人的照片贴在镜子旁；成家后，在镜子前骄傲地举起可爱的小婴儿；人到中年，感情走到尽头，他烧毁昔日爱人的照片，一拳把镜子砸裂；时光如水，转眼他老了，佝偻、咳嗽着走出去，退场。

无须更多的故事情节，甚至无须人物的名字，五分钟的片长，几个片段便道尽了男主角的一生，戛然而止，又回味悠长。即便你离衰老的年纪还远，一样能体会到片中那不动声色的沧桑感——光阴似箭，人真的仿佛弹指间就会老去。

那面镜子，静默无言地陪伴了男主角的一生，而生老病死、悲欢离合这些人生境遇，是每个人必经的。始终不变的同一面镜子，映照出身体与情感的变化无常。恒常与变化，在同样的浴室场景里反复出现，极具张力。明白在处境、心情的变化无常中，始终有不变的东西在，便足以在世事的风云变幻中，拥有心灵的平静。

平日，我们容易只关注事物的变化，并且想要抓住那些美好的改变，抵制那些不想要的变化。于是一边慨叹世事无常、人心易变，一边努力打造合乎心

意的长久安稳的处境与关系，但这往往以失望告终。有人感叹，人生好似冥冥中被看不见的命运之手推着走，控制不了什么，主宰不了什么。也有人质疑：若生生世世都只是懵懵懂懂地来，浑浑噩噩、不明所以地走过一生，最终身不由己、不甘心却又百般无奈地离开，那人生的意义何在？

　　为了对抗无意义感、无力感，我们做了各种各样的尝试：为生活赋予自己认同的意义，按自己的方式去度过此生，尽力在世界上找到能长久甚至永恒存在的事物或理念，设法把原本易变的东西变得永恒……细看下来，在觉得生活与世界充满缺憾的同时，我们想要找到永恒和完美的那份愿望，倒是长存不变的。

　　愿望本身，如同一个召唤，召唤我们去寻找真正的出口。只向外看时，大环境的变化、他人的态度、自己的经历，确实好像易变而不可控。直到你开始向内观照，才会意识到真正的，也是最简单的出路，原来在这里。试图改变世界、改变他人的确困难重重，除非你先成为想要带给世界改变的那个元素——想要生活中有更多和谐，你先要内心和谐；想要关系更加安稳，你先要内心安定。当你安定下来，身边环境、他人的变化，会自然而然地发生。若你心里充满不安和畏惧，很难靠别人来获得平静。

向内看时，每个人的内心，原本都有明镜一般的智慧——可以像镜子一样，清楚地映照出情绪的升起、变化、消失，各种想法的来来去去，言谈举止在情绪、观念的驱动下的显现。这明镜之心，可以表现为对自己想要什么、正在做什么有一份觉察。读过一段真实的故事，一个在暴力家庭中长大的小男孩，十来岁就对自己发誓，长大了绝不像爸爸那样脾气暴躁，要友善待人。十四岁时，他五岁的妹妹玩耍时摔倒，磕伤出了血，小男孩的第一反应是想冲着妹妹怒吼：你怎么搞的？居然把自己弄伤了！好在片刻间他就感觉到自己的不对：我几年前就发过誓长大了不要像爸爸那样，可刚才我想冲妹妹吼叫，这是爸爸一向对待我的方式！他记起了自己真正的心愿，便友善地过去扶起了小妹妹。有明镜一般的觉察观照时，更容易表里如一，与真实的自己、真实的意愿一致，而不再内耗。

那明镜一般的心灵力量始终存在，而我们常常忽略、很少动用。失掉了明镜一般的观照觉察，你便容易沿着从小形成的无意识习惯、无意识观念往下走，用旧日的惯性视角去评断周边的环境和人，把累积的情绪、观念投射在他人与外部环境上，再跟随旧习惯去对自己的看法做出反应……在迷茫中不明白为什么许多努力没有回报、不被欣赏，不愉快的互动模式一再发生，仿佛被什么力量追逼着、压迫着无法安宁。你若忘记每一步自己都在无意中做了选择，并非被迫参与演出，就容易叹息世态的炎凉，怨责他人的反复无常、不可信任。然而，向内看，找回明镜一般的心智，就会知道，选择的自由，一直在你的手里。

浴室里的镜子可以打碎，内心拥有的明镜却始终如是，不受任何损伤。它像是所有声音背后宁静的背景，你可以为各种噪声所烦扰，也可以只是专注于那无边无际的宁静的背景，让当下安定下来。

在这份安定与宁静中，你容易听到自己真正的心声，也容易安心自在地去与每个人相处，去对待每一件事，也会把你的安详平和，带入你所在的世界。

最苦的是在功利境界的人

◇六　六

　　忙碌，是为了更好地生活。但很多人忙着忙着，就忘却了初心。知名媒体人洪晃说，如无意外，她决定退休了。因为女儿跟她不亲，有快乐或忧愁更愿意跟父亲分享，这不是她追求的母亲生涯。

　　我的一个朋友说，他有一天如往常穿过机场安检门，看见前面有个父亲，脖子上骑着儿子，父亲在整理行李，儿子俯下身亲吻父亲头顶。那一刻他泪流满面。他一路忙着忙着，孩子已经上大学了，竟然错过了这些美好瞬间。钱有了，声名有了，却丢了儿子的童年。

　　我们这一生，幸福的根源在哪里？冯友兰曾经说过，人有四个境界。第一是自然人境界，这都不用教；第二是功利境界，人想干些什么，想被别人知道，被社会认可。人温饱以后要富足，富足以后要权力，有权力以后还要有影响力。

　　影响力是什么东西？影响力是相传的口碑，你的行为方式得到大众认可或趋同，是值得绝大多数人追随的。于是又来了第三重境界，道德境界。

　　很多人功成名就财务自由以后，达不到道德境界，因为他们被名利攻陷了。能力将你带上巅峰，但德行让你常驻那儿。这句话不是我说的，是林肯说的。知道的人不多，大多数有能力的人昙花一现，修得再好些，也就一世富贵，平安辞世，却不能常驻历史，不能在时间的长河里留下印记。

要在时间的长河里留下印记，就回到冯友兰先生说的第四重境界，叫天地境界。其精神留存于天地之间，"与天地齐寿，与日月同光"，就是这个人经得起岁月的检验。

圣贤都经得起。老子、孔子的思想，直到今天，你读起来，就好像他从未离开过。西方的很多原典，你要想追溯人类的发展，依旧要去反复研读，仿佛与那个已经逝去多年的人对话。这样的境界便是天地境界。

有天地境界的人，其实是没有时差的，你的子孙和后世人，一直在与你交流和沟通着；没有天地境界的人，就得用道德的标杆要求自己，行为做事谈吐是否合乎"道"，有了这个标准，你自然就会亲贤臣远小人，置身世外而乐在其中，你也不会太忙碌，因为绝大多数不值得你忙碌的人或事，你会分辨。

最苦的是在功利境界的人，你每天呼朋唤友，你每天高朋满座，你每天被很多人需要，你每天没有时间，你的能力让你达不到无为而治，你做不到出世入世，你分不清此岸彼岸。

于是，你婚姻反复，情感反复，子女对你不亲，你对父母愧疚。你总是活在奔忙又无限愧疚的日子里，你觉得身边的每个人都得靠哄。你已经拿出你全部时间和精力了，貌似对你不满的人还越来越多。

所以，如果你还在这个圈子里打转，只能说明，你的修行还不够，你对人生的认知太浅薄。你如果还有时间差，是你德行没有提高，要靠时间来弥补。

过一种有审美的生活

◇ 晚　睡

有人在网上晒自己家的一日三餐,都是家常吃食,土豆、豆角、茄子,看起来虽然不够美观,但还是挺诱人的。只是这盛菜的器具,也忒寒酸了点儿,有塑料盆、搪瓷缸、小铝锅、不锈钢大碗,大大小小,参差不齐,已经消灭了一部分食欲。

网友吐槽她的餐具过分混乱和粗糙,"超市几块钱的盘子也不至于买不起吧",她也有点儿不好意思,说不是钱的问题,只是自己不讲究这些,反正就是随手能用的就拿来用了,没有考虑美观的问题。

我也相信不是钱的问题,她是觉得菜就是用来吃的,盘子的目的是装菜、实用,不漏不洒就行。

过度追求实用化的人都是这样,直奔目标而去,一切过程中的修饰和审美对他们都没有什么意义。

我家有个亲戚,看存款是个有钱人,看居住环境是个穷人。20世纪80年代的简装修,油漆斑驳的旧家具,大脑袋的电视机,比我们单位的扶贫对象过得还清贫。问他们怎么不拿出点儿钱装装房子呢,他们说能住就行呗,也不是皇家贵族,住得那么好干什么。

我还认识一个人,给自己的小女儿穿得破破烂烂,全身都是别人送的旧衣服。亲戚看不过眼,给孩子买点儿新衣服,却全被妈妈送人了。理由是小孩子也不懂什么是美,而且长得快,买新衣服也是浪费。

去饭店吃饭,隔壁桌一对小两口带着老两口,儿子每点一个菜,就遭到当妈的反对,"红烧肉48块,也太贵了,猪肉才多少钱一斤,有48块钱在家里吃能吃好几顿"。反正就是这种逻辑,什么都不如在家里吃便宜实惠,最后儿子生气了,丢下菜单:"都不合算,那干脆回家吃得了。"当妈的高兴了:"我早就说回家吃,自己做才合算。"

情人节,同学想起老婆总抱怨自己不浪漫,就偷偷买了一束玫瑰花送给老婆,老婆看都不看就扔到一边,"你有钱烧的啊?"她觉得玫瑰当不得吃当不得喝,白浪费钱,第二天就凋谢了,还不如买点儿熟食更实惠呢。

家里有座旧房子常年出租,发现很多租客都有一种"不是我的房子我就往死了糟践"的心态,每次搬家去收拾房子都发现房间又脏又乱,也不知道他们怎么过得下去。就算不是自己的房子,可还是自己每天住在里面呀,自己看着就不难受吗?用网上流行的那句话来说:"房子是租来的,可是日子不是啊。"

只有其中一个租户,我收房租的时候去过一次,人家把瓷砖擦得雪亮,简单的几件家具全部罩着碎花的布巾,墙上贴了富有艺术气息的壁纸,整个房子马上就不一样了。我一激动,给免了几个月房租,不仅仅是因为他们改造了我的房子,还因为他们对待生活的态度令我感到钦佩。

我爷爷以前做过木匠,小时候我对他用刨子刨木头很着迷,他刨子的所到之处木香泛起,白白的刨花卷曲成团,落在地上,像变魔术一样变出了一座小山。他还会做木制的小手枪,很多孩子都有,只有爷爷会在枪柄上刻一个红五星,还染上色,因为这个红五星的存在,这粗糙的小手枪顿时就不一样了。

记得小时候爸爸妈妈常带我们去看电影,我们一家人穿上最好看的衣服,手拉手从家里走到影院。我妈还给我和姐姐戴上平时舍不得戴的玻璃发卡,把额头的碎头发全都梳到后面去,两个小辫子上扎着小蝴蝶结。在温暖的黑暗中,只有屏幕上发出来的光亮中有闪动的人影,我们屏住呼吸,强抑感动的泪水,进入一个神秘的光影世界中。

直到现在，我依然记得当时所看的电影的名字。这种经历，锻造了我一生最初的审美情趣。

现在我偶尔也会买一些花插在花瓶中，即使它们明天就凋谢了，可这一刻的美丽仍然可以愉悦我的生命。我还会把礼物藏在家里，给老公和儿子一点儿惊喜。那是爸爸妈妈教会我的，即使再穷，再失败，也要学会偶尔脱离现实，享受一段与美有关的时光。

经过爱，见过美，人就拥有一种强大和勇敢，能对抗世俗的粗糙。

章诒和在一本书中，写到了康有为的女儿康同璧母女的生活。即使在最艰难的日子中，她们还是要按照老礼为章家送来一小盆长满花蕾的水仙。"每根花茎的部位套上五分宽的红纸圈。如果有四个花键，那就并列着有四个红色纸圈。水仙自有春意，而这寸寸红，则带出了喜庆气氛。"

她们家买豆腐乳，要去特定的商店，用六个很漂亮的外国巧克力铁盒装着。康同璧的女儿罗仪凤还给章诒和演示捧着盒子也要挺拔走路，"她捧起装着铁盒的布袋，昂首挺胸地沿着餐桌走了一圈。那神态、那姿势、那表情，活像是手托银盘穿梭于巴黎酒店菜馆的女侍，神采飞扬"。

章诒和按照罗仪凤所说"心里想着快乐的事"，一路精神抖擞地买回了豆腐乳，她突然明白了一件事，原来贵族的气质就是"'坐销岁月于幽忧困菀之下'而生趣未失，尽其可能地保留审美的人生态度和精致的生活艺术"。

　　章诒和的父亲章伯钧与章乃器这对知己在人生中的最后一次会晤就是在康家，章伯钧穿的是一身老旧的中式丝绵衣裤，唯恐走在街上，目标太大，被人认出来惹麻烦，而章乃器穿的是洁白的西式衬衫、灰色毛衣和西装裤，外罩藏蓝呢子大衣。章诒和问他："章伯伯，你怎么还是一副首长的样子？"章乃器举着烟斗对章诒和说："这不是首长的样子，这是人的样子。"

　　即使在政治的阴霾中，末日的钟声已经敲响，他依然要活成人的样子。而人是什么样子，就是高贵的、坦荡的、真诚的、美丽的。

　　美食与美衣全都能拯救人于沮丧之中，一个人专注于审美的过程，就是纳悦自己，滋养身心的过程。这个过程妙不可言。

　　木心先生说，没有审美力是绝症，知识也救不了。现在很多人穷，往往穷的不是物质，而是精神。没有精气神，没有恰当的审美，生活剥露出最务实最粗俗的一面，越来越追求实用化的背后，就是越来越平庸，越来越枯萎。

　　要想活出人的样子，就要捡起曾经被遗落的审美。别管有钱没钱，都要偶尔穿得漂漂亮亮的去公园，听一场音乐会，享受一次在饭店吃饭的服务，优雅是一种姿态和专注，是以精神的丰盛来对抗现实的束缚。

　　生活需要惊喜，也需要逃离，从鸡毛蒜皮的物质世界，暂时逃离到精神的天堂中。哪怕明天依然什么改变都没有，你赢了这一天，也是胜利者。

人生那么长,停一下又何妨

◇井柏然

在去机场的时候,戴上耳机点随机播放,正好是陈绮贞的《旅行的意义》。

我对未来的时光,总是有一种不确定感。伴随而来的是偶发性的慌张和无措。有人告诉我,这源于你内心缺乏安全感和归属感。

旅行本来就是一种满怀期待的放逐,即便将功课做得再怎么彻底和全面,也会在路上遇到各种各样的情况。结束时不但一无所获,反而增加了新的烦恼。

但我又觉得,思考让人生变得丰富而有趣,不断增加的烦恼也成为前行的动力之一。这么一想,又有点儿开心起来。

经过11个小时到达巴黎。飞机缓缓降落时,广阔的土地渐渐眉目清晰起来。我忽然有种将梦想踩在脚下的感觉!

走出机舱大门的一刻,抬头,有风吹来,吹起我额角的碎发。看到海关人员的扑克脸,我早已习惯了这种表情。走过许多地方,我渐渐对旅行有了新的思考。它的奇妙之处不在于你脚踏实地地看过多少风景,而在于你曾经对于那个城市有多少期待。

从这一刻起,我即将开始一段新的放空生活。今天,我有30个小时。旅行的意义,到底是什么?

是去还原寻找生活中最真实的自己,还是逃离现实的尘嚣让一切归零?是

一种对未来的觊望与躁动,还是一种在现实压力下的爆发与抗争?有时,我们即使心神困顿,哪怕风尘满面,为能看到一些绝世的景色,遇见心灵纯净的人,做一些或许这次不做就无法再完成的事,都可以奋不顾身。我很羡慕那些坚定果断、坚强沉稳、说走就走的人。我很好奇那会是怎样的一种洒脱和勇敢,偶尔也会在心中有跃跃欲试的冲动。

我一直相信万事万物必有其因果,小时候最好能经历一些磨砺,青年时代要尝试这般的行走,所有的挫折和历练,偶然学到的某种技能,旅途中遇见的那些不同的人们……这一切,都是为了将来做准备,能够握一些什么在手里,留一些什么在心里,那么在面对未来的缥缈不定时,或多或少会让自己平静一些。

我想起几年前,我和朋友在异国小镇的一次旅行。他喜欢在背包里塞满零食,尽管大部分都落在我的胃里;我喜欢在手机里下满各种旅行软件,尽管从来不打开查阅。当时我们和一群外国朋友住在小镇中一个小巧精致的旅店里。这儿每晚都有闹腾腾的聚会,英语、俄语、西班牙语、意大利语等四处乱飞。互相听不懂,彼此比手画脚也不妨碍你来我往。

那时,我们就着清晨空气中鲜花的芬芳享用早餐;我们会坐在马车上感受午后清风拂过皮肤的暖意；我们会想坐就坐想走就走，遇见字母都猜不全的复古招牌就大胆推门入店……我想念那样短暂却随心所欲的时光，想念那些放肆的笑声和嬉闹。

尽管这样的想念，在寂寞的时候，会变得更加强烈。

巴士在巴黎的街道穿梭，我刚一上车，就努力记住了明天上学要下车的公交车站。

看着玻璃窗外巴黎的街道、房屋、巴士、街道指示牌和古老的建筑，或新潮或斑驳新旧不一的景色搭配着沿街明朗娇艳的花草，我居然有一种似曾相识的感觉。

人生那么长，停一下又何妨？停下来，看看这个世界，看看眼前的自己，给梦想一点儿时间——或许这就是旅行的意义吧，我们都需要一个机会和一段时间，过自己想要的生活，寻找自己。

至于，你的故事在哪里，在北京，在台北，在巴黎，在不知名的小城，或者踪迹全无，这并不重要，重要的是，这些独一无二的故事只属于你，并永远只属于你。

生命不只是使用，还需要奖励

◇白岩松

在一次亚太经合组织会议上，普京送给总书记一部手机，这部手机我看完细节之后发现，只有俄罗斯能做，中国做不了。是他们技术水平很高吗？没有。这部手机有两面屏幕，一面跟咱们的手机一样，另一面是跟 kindle（电子阅读器）一样的、像水墨一样的屏幕。我为什么说中国做不了？俄罗斯的人均阅读量在全世界排名是很靠前的，脑海中能诞生这样一部手机，一个屏幕是正常的彩屏，另一个屏幕是墨迹的屏幕，只有爱读书的国度才可能把它研发出来，才会把一部手机跟阅读和使用紧密结合在一起，而我们设计成两个屏幕，一定是为了使用更加便利，屏幕更加色彩斑斓，而不是考虑是否更适合阅读。

同样的道理，8 月份我去法国巴黎的时候，大家知道，8 月份，巴黎人民非常可爱，把整个巴黎全部给中国人民留下了，见着中国人的可能性会比见着法国人的可能性更大，他们都去度假了。就在探讨这个度假的事情时，联合国教科文组织的一个中方的高级官员跟我说了一番话，对我的触动非常深。他说该怎么看待法国人像捍卫生命一样地捍卫这一个月的休假？中国人经常会觉得法国人太懒啦，一到夏天钱都不挣全跑啦，都去度假了，去海边或者其他什么地方。我们非常容易从这个角度去思考这个问题，但是法国人是怎么去面对、思考、解读这一个月的呢？在全世界，如果论有创造力的国家，法国是最好的，甚至可以不加"之一"对吗？比如说诺贝尔文学奖，法国有多少人获得了诺贝尔文学奖？包括法国的电影，现在我依然是法国电影的狂热爱好者，只要看一部法国电影，当然，也是他不错的电影中的一部，我就几乎从来没有失望过。在我最喜欢的三部电影当中，就有一部是法国的……法国人认为法国之所以有创造力跟这个月休假紧密相关，因为每年他们有一个月去保证安静的地方，回归自己的内心，让自己经常有发呆的时间，让他们了解生命。每年都要休息一个月，宁可少挣点儿钱，在这背后是一种对生命更透彻的理解。

　　生命不只是使用，还需要奖励，而我们对生命究竟是一种什么样的态度？我们口号上会说"活到老，学到老"；其实我们的实际行径中往往是"活到老，挣到老"。钱永远没够，大家都在忙碌着，其实中国古人早就告诉了我们什么是"忙"。"忙"就是心亡，那你可以仔细追究一下，此时此刻的中国人有多少心是死的？他的这番话触动了我，法国之所以可以成为一个有创造力的国度，跟他经常要停下来，面对自己，成为自己的朋友，与自己对话，与时间和空间对话紧密相关。后来我总结，想要有创造力，需要有三个条件：有钱（有一定的闲钱），有一定的闲人，还有一定的闲时间。没有这三点，想有创造力，是不可能的。

能屈能伸的物质享受

◇吴淡如

一个真正幸福的人，不是个拒绝享受的人，而是一个对物质享受能屈能伸、愿意品尝每个"现在"的滋味的人。说真的，我很怕请下列两种人吃饭：

一种是太"安贫"（之所以没有用"安贫乐道"的成语，是因为安贫者未必乐道）的人——他不是存心挑剔，只是无时无刻不想告诉你他有节俭的美德，虽然知道他并不挑嘴，但我也知道，很久请他吃一次饭，请得寒酸，他心里必然觉得我不够有诚意，我也觉得自己礼数不足。

但一请他吃一顿比较好的饭，他就会为了表示自己十分节俭，在餐厅里用所有人都听得见的声音说："天哪，这是什么杀人的价钱哪！青菜一盘要200块（台币），拜托，把钱折现给我算了，我自己到菜市场买一把菜炒一炒，只要20块……"

明知他是好意，但请他吃饭，开始点菜后就觉得自己做错了事，尴尬至极，坐立难安。在这个时候，出钱的人实在很难觉得客人的超级节俭是种美德，只会觉得自己十分罪恶。一番好意，成了罪行。

有一次在一个美食餐馆用餐时，隔壁桌坐着一位刚领第一个月薪水的女生，好意请妈妈和家人吃饭，场面却无比难堪。因为妈妈觉得菜太贵了，一边吃，一边骂，一边嫌，一边训示做人要节俭，出钱的女儿都快哭出来了，同桌的弟妹和爸爸也不好意思表露"好好吃"的意思。

末了,女儿结了账,妈妈在临走时还撂下一句:"真是的,这么贵还吃不饱,回去我炒个面给你们吃!"

那个孝顺的女儿应该很后悔自己出钱请大家吃大餐才对。

另一种是太"恋旧"的人。他不是存心挑剔,他只是随时想告诉你他有品位。

请他喝咖啡,他一定会说起在意大利某家咖啡馆的咖啡有多好喝;请他吃日本料理,他一定会告诉你哪一家比这家更好吃。他不断地把所有的菜肴拿来跟心中的第一名做比较,当主人的只会感觉到自己的品位一再被嫌弃。

这样的人也很难随时随地感到幸福,因为他们太在意心中的排行榜,品尝到的幸福永远是过去式的。除非有"超级一流宇宙无双天下第一"的东西出现,打败他心中的第一名,他才会觉得自己有一点儿快乐。

标准恒低和标准越来越高的人,都不会在平常的日子里过得太好。标准应该是"能屈能伸"的。

我也是个"咖啡挑剔族",自诩喝遍天下好咖啡,但只要眼前这杯咖啡不是太难以下咽,我就会告诉自己:在此时此地,你就只能喝到这种咖啡,这已经是这里最好的咖啡了,为什么不好好品味呢?

如果永远给你喝超级第一名的咖啡,口味单调无聊,失去多样尝试的乐趣,不是很可惜吗?

生活不贵，欲望很贵

◇子　沫

　　一位旅居法国一个月的朋友，回来谈了自己的一席感触，她说，法国人的业余生活很忙，忙着整花园、烘点心、逛市集，孩子玩孩子的，成人忙成人的，各取所需，很家常。她说，国内的很多人休闲都得高大上，非得去个什么地方才算休闲。我们探讨一个生活常态的东西，我说大凡一个东西没有落入生活常态，总是有隔膜，经常做的事才算是生活的一部分，不是高高在上，而是随时随地，阅读什么的都是如此。有时，我们对别人的生活是有很多误会的，一说法国，就是大餐，就是浪漫，就是奢侈和优雅，真正该关注的倒是别人的生活方式，一种落入实处的生活方式。我说，法国人可能是"闲里忙"，他们是忙生活忙喜好，工作只是一部分而已。友人算是那种成功人士，可能比我对一些事情的感触更深，她说现在的状况是有钱人很焦虑，没钱的人也焦虑，群体焦虑，工作完了，要么不会休闲，不知道干什么，一闲下来就心慌；要么一闲就好像非得利用得天衣无缝般，到一个什么地方去，不然就觉得没意义。还是没落入常态，是一种狠命过度的状态，不放松。

　　有个细节，我觉得很有意思。友人去法国前半年，学了半年时间法语，普通的点餐问路或是问候之类的社交完全没问题，法国的餐厅是这样的，一般用法语，但若是看到你是外国来的，也偶尔用英语，当餐厅的人听到她开口说法语时，表情明显不一样，热情了很多，当然是刮目相看。友人主动说自己是素食主义者，餐厅的人听到，更是尊重，说，没关系，他们可以单独为她做菜单上没有的菜。若是聊艺术、绘画或是园艺什么的，他们倒是非常乐意。生活，得有生活之外的空间，人才不会局促和透不过气来。他们最懂无用之美。

我又想起曾经去过法国的另一个友人，谈到去卢浮宫看画，蒙娜丽莎的画像前挤满了旅游团的人，根本看不到什么，而对面的一幅《迦纳的婚礼》却无人问津，友人转身，安静地看对面的一幅画，她说，真是意外收获，名气遮盖了很多东西，为什么人们不能自己去寻找角度？人少，才能好好看。巴黎需要安静审美的人。曾看过一部纪录片，里面有一个在卢浮宫拍摄的镜头，空无一人的卢浮宫，大概那一天不是法定节假日，又因为是雨天，一个老妇人在一幅画像前静坐，她说，这幅画叫《卡罗琳》，是安格尔的画作。这幅画像就是这部纪录片的封面，一个少女，因为画面的定格而成了传奇，像要从画像中走下来。老妇人静静地说，很小的时候，她就觉得博物馆里画像上的人都是活的，只是白天沉睡了，到了晚上，可以纷纷从画像中走下来……我记住了她看画像时宁静的神态，有时，幸福只是与一张画作的沉默交流，是一种发自内心的欣赏。这个世上的好，并没有标准，是各取所需，不是只有一个蒙娜丽莎。也许，他们个体发自内心的审美才是我们该学习的东西。

友人说，她住的公寓楼下就是漂亮的咖啡馆，一清早就开门，香气四溢，坐下来点一杯咖啡，最便宜的美式咖啡也就2.5欧元，折合人民币十来元。下楼小坐，吹吹风，喝杯晨间咖啡，看看报纸看看书，只是休闲日常，跟什么浪漫也不沾边。巴黎的消费根本没有外界传言的那么贵，只要你不吃什么大餐，自己去超市里买点儿意大利面、红酒、牛排什么的，自己动手很容易吃到可口的美食，她说，学会了下一手Q弹的意大利面，简单美味便宜。她在法国待了一个月，花费并不多。

我想起了《巴赫十二平均律》，很宁静，没有起伏，但耐听高贵不腻味，不刻意，这有点儿像法国人的生活状态吧。这也许才是我们最该学习的内在状态。

基本的生活不贵，欲望很贵。这条法则放到哪里，都应该是成立的。

没有谁比你更爱你自己

◇辉姑娘

绝望是什么样子的?

一场失败的考试,父母的责怪,失望的表情,躲到厕所里偷偷地哭泣;职场失利,被老板大骂,被同事嘲讽,还要强撑着微笑;生意失败,一文不名,站在楼顶上觉得随时可以结束惨淡的生命;被爱人背叛,分手时才发现家中财产被转移一空……

每一件,在当时看来都足以令人崩溃,都让人觉得,下一秒几乎就挨不下去了。那么,还记得吗?最终是怎么扛过来的?

我人生最灰暗的阶段,是几年前在工作中遇到的一场挫折。那场挫折当时几乎将我打垮,当时真的觉得自己失败透顶,身陷绝境。多年的付出被否定,职位突然被撤换,同事处处设绊子,朋友的不信任,老板的敷衍,客户一夜之间仿佛从未认识过你这个人,连家人也无法理解,还常常语出苛责……

某天,我实在忍不了公司的氛围,就抱着笔记本电脑去楼下的咖啡厅办公。心情刚刚好些,一条短信进来了,内容关于我的工作。发送短信的是和我曾经关系最好的客户朋友,此刻她言辞冰冷,公事公办地告诉我,合作取消了。我盯着那条短信,刚刚积攒起来的一点儿好心情在一瞬间烟消云散。

正巧咖啡厅放到那首《昨日重现》,音乐顿时成了催化剂。我鼻子一酸,眼泪噼里啪啦就落在了电脑上。我越想越难受，实在忍不住，索性伏在桌子上哭起来，还不敢发出太大的声音，生怕惊扰到其他人。

我哭了很久，只觉得天昏地暗，日月无光，身上无力。直到有人碰了碰我。

我以为是服务员，暗气这人当真没眼色，也不管自己满脸泪痕，抬起头就恶狠狠盯着对方。谁知，居然是坐在邻桌的一个陌生男子。见我盯着他，他推过来一杯热茶。

"喝口水，补充点儿眼泪。"我有点儿茫然地看着他，完全愣住了。

他笑了笑："天大的事儿，都没有自己的身体重要。要是连眼泪都干了，你就真的一无所有了。"在那之后，我不止一次遇到困窘的、伤心的、压抑的时刻，也仍然控制不住，不止一次大哭。可每次哭过，我都不会忘记给自己倒一杯温水，强迫自己喝下去。

"要是连眼泪都干了，你就真的一无所有了。"我始终记得这句话。

有一位朋友，是一名销售主管，也是所有人眼中的"女强人"。我们经常说她是酒桌巾帼。一桌子男男女女对饮，她从不扭捏，该喝就喝，并且会在酒桌上把她的问题立竿见影地解决。最可怕的是，这个女人已经快四十岁了，身体机能却依然很棒，饮酒海量，胃肠却从不出问题。

我问她保养秘籍，她哈哈一笑，说哪有什么秘籍，都是最简单的保养。

"绝不掏空自己，健康地活着，是成功的唯一前提。"她说。

每天早睡早起，避免熬夜和狂欢，吃健康的饮食，喝干净的水。

尽量少吸烟或不吸烟，不过量饮酒，减少与人争执，少动气。

不过度接听电话，如果真的避免不了，尽量使用耳机。

有再急的事情，都要想一想，自己的身体是否承受得了，是否真的需要立刻去处理，是否可以缓一缓，有没有过度伤害到自己的生活。

疏解开那条紧绷的神经，深深地呼吸一口新鲜空气，告诉自己，放松，再放松，不要让自己陷入绝境。这样，人生才有再度翻盘的可能。

要知道，没有谁比你更爱你自己。

云在青天水在瓶

◇亦　舒

《洗心禅》里有这么一个典故。

李翱是唐代思想家、文学家，受佛教影响颇深。他认为人性天生为善，非常向往药山禅师的德行，他在担任朗州太守时曾多次邀请药山禅师下山参禅论道，均被拒绝，所以李翱只得亲自登门造访。那天药山禅师正在树下看经，虽然是太守亲自来拜访，但他毫无起迎之意，对李翱不理不睬。

见此情景，李翱愤然道："见面不如闻名！"说完，便拂袖而去。这时，药山禅师冷冷地说道："太守怎么能贵耳贱目呢！"一句话使得李翱颇有所动，遂转身礼拜，一番攀谈后请教什么是道，药山禅师伸出手指，指上指下，然后问："懂吗？"

李翱道："不懂。"药山禅师解释说："云在青天，水在瓶！""云在青天水在瓶"，药山禅师简单的七个字蕴含着两层意思：一是说，云在天空，水在瓶中，这是事物的本来面貌，没有什么特别的地方，只要领会事物的本质，悟见自己的本来面目，也就明白什么是道了；二是说，瓶中之水好比人心，如果你能够保持洁净不染，心就像水一样清澈，不论装在什么瓶中，都能随方就圆，有很强的适应能力，能刚能柔，能大能小，就像青天的白云一样，自由自在。

"云在青天，水在瓶"应该成为我们为人处世的一种智慧。这种淡泊而高

远的境界，源于对现实的清醒认识，追求的是沉静和安然。这是洞悉人世之后的明智与平和，即保持一种荣辱不惊、物我两忘的平常心，也是我们现代人最难得的精神状态。

的确，在这个个性张扬、追名逐利、浮躁忙乱的现代社会中，不少人心被撩拨得蠢蠢欲动，不是为名利的得失所劳役，就是被人与人之间的钩心斗角所左右，随之而来的必然是痛苦和烦恼。拥有一颗平常心，对待周围的环境做到"不以物喜，不以己悲"，对待周围的人和事做到"宠辱不惊，去留无意"，内心也就获得了平静。

那些隐于市的聪明人

◇马 曳

哈佛的燕京图书馆前台有一位图书管理员，日本人，大叔，有五十岁出头了。他的英文并不怎么好，但是为人很和善，下雨天总是非常仔细地拿出图书馆的防雨塑料袋，帮忙把你要借的书仔仔细细地装起来，像礼物一样。有时候碰到英文不好的中国学生或学者有问题，他会点头哈腰地让你等一下，然后去找个说中文的同事来帮忙。

美国校园里颇有一些这样的人物，四五十岁上下，做普通的行政工作。很难判断他们从前的事业轨迹，但是大家也都看起来过得不错，对学生客客气气，尽职尽责。

后来偶然的一个机会，有人告诉我，这位日本大叔，是哈佛神学院博士毕业，然而博士这个学位实在找不到工作，他便做了图书管理员。

神学博士这个学位有两个重要特点，第一是念起来十分漫长，经常要十四五年才能毕业；第二是极难找工作，毕业如果不是碰巧可以找到一个教职，往往就只能转行低就。

为什么要十四五年呢？因为要研习宗教先得有语言的敲门砖，以旧约学者为例，至少得学希伯来文，也许还要学亚兰文、巴比伦文。为了能看懂后世的文献，拉丁文希腊文德文法文这些肯定要懂一两门。把这些都学会了，恭喜你，你可以从头研究那些浩如烟海的古文献了。

可是这样殚精竭虑地做了十几年学问，到了四十岁毕业了，还是可能只做一个图书管理员。这在唯身份地位收入论成功的人那里，简直是不可想象的事。

还是一个日本人。村上春树的《1Q84》里的男主人公天吾曾经剖白说，他本来可以谋得更好的职业，但是为了有更多业余时间进行写作，就选择做了补习班的数学老师。

我记得当时看到这一段的时候，觉得自己很喜欢这个主人公。

这世上有很多聪明人选择大隐隐于市，也有很多资质一般的人坚持走在通向功成名就的那条路上。这两种选择无论怎样都是殊途，但非得给它加上个价值判断，我觉得是过了。就好比燕京图书馆的图书管理员先生，你可以说他的境遇可叹，但谁知道他没有享受过那十四五年的博士生涯，以及现今在书本中波澜不惊的日子呢？

不问"为何"问"如何"

◇［新加坡］尤　今

去年，好友阿萧在卸下繁重教务之际，正想好好享受悠闲生活时，却遭遇了不测之风云。

某天，她洗澡过后，头痛欲裂，呕吐不已。家人见势不妙，赶紧把她送入医院，万万没有想到，一经检查，居然发现是脑血管爆裂！

经过一番紧急大手术之后，总算捡回一条命，但半边身子麻痹没知觉。一想到可能要在床上度过下半生，她即使睁着双眼也会尖叫着做噩梦。

让众多朋友迷惑不解的是，身材一向苗条的她，常年做身体检查，既没高血压，也无高胆固醇；再加上经济不虞匮乏，生活毫无压力，脑血管为什么会无端爆裂呢？

在最近一次聚餐会上，大病初愈的她，娓娓畅述患病的心路历程："动了脑部手术后，我醒来的第一个问题便是'为什么'，为什么是我？为什么病魔不找张三李四而偏偏找上原本健康的我？为什么一点儿迹象也没有，脑血管要爆便爆？无数的'为什么'使我夜夜失眠。我问自己，也问医生，问了一次又一次……"

医生告诉她，对于一小部分人来说，脑血管犹如埋伏着的"地雷"，有着"与生俱来"的潜在性危险，随时随地都会在猝不及防的情况下爆裂；可是，心有不甘的她，依然像闯入迷宫一样，在许许多多的"为什么"当中兜兜转转。

终于，有一天，医生生气了，痛斥她钻牛角尖，并且给了她一记"当头棒喝"："生病了，便是生病了，这是无法改变的事实。你应该问的是'怎样才能康复'，而不是一整天于事无补地问'为什么我会生病'！"

良医的良言，让她真正"醒"了过来。

是的，对于病人来说，"为何"这个问号，是属于阴暗的过去的，它会使原已痛苦万分的病人更加沮丧、更加萎靡不振；它就像"流沙"一样，会残酷地将病人一点儿一点儿地向下拉、往下扯；慢慢地，病人的意志力被销蚀殆尽，就这样直直地陷到暗不见底的人间地狱内。许多罹患重症的人也同时被抑郁症折磨得死去活来，原因就在于此。

至于"如何"这问号呢，却是属于阳光的未来的，它犹如"直升机"，能够帮助陷入困境的人脱离危险；许多看起来极不乐观的病症，就因为病人以"如何"这个明智的问号为重点而不以"为何"这个问题自我折磨，面对现实、接受现实，想方设法寻求救治之道，最后总能"拨得云开见月明"。

阿萧的思维在转了一个弯之后，抱着"必胜"的决心，在服药之余，拼尽全力和医务人员配合，做物理治疗，并乐观积极地参与各式可助康复的运动，在经过了一段难熬的时光后，终于，阴云飘散，阳光再现，她行动如常，活跃如昔。

脑血管爆裂，却能在短短数月间迅速康复，人人叹为奇迹。

现在，每逢有人问起，她不再解释患病的前因后果，也不再提及生病时种种难熬的细节，只是以快乐而坚定的语气劝诫他人："运动，一定要做运动，唯有运动，才是保健的方式。"

昨天，我打电话给她，她家的用人说道："她在练气功，不方便接电话。"

啊，这个曾经把运动当"宿仇"的好友，真是脱胎换骨了呀！

法国人只需十件衣

◇唐辛子

之前一本书很火,书名叫《法国人只需十件衣》,作者是出生在美国南加州的詹妮弗。詹妮弗是个典型的南加州女孩,热情开朗、不拘小节、爱吃零食。为保持苗条身材,她和其他美国人一样开车去健身房健身,和其他热爱时尚的女子一样,詹妮弗的衣柜里塞满了漂亮衣服,还总是觉得自己的衣柜里"缺少了一件",因而不断地购置新衣。

但是在法国巴黎半年的留学生活,彻底改变了詹妮弗的人生观,也彻底改变了她的生活习惯。

詹妮弗在巴黎留学期间,居住在一家名叫西克的法国贵族后裔的宅邸里。这个法国家庭对于生活的专一以及纯粹,令生在美国长在美国的詹妮弗感叹不已。

例如西克一家人对于食物充满了热情。因此,这一家人从不会在饭前饭后吃零食。只有这样,才能用心品味一日三餐。即使家中并无客人,只为自己和家人做一份晚餐或甜品,西克夫人也会专心致志、一丝不苟,使用上乘的餐具,再配上赏心悦目的食物,一家人轻松地坐在餐桌边尽情地享受美味的食物。用餐时除了互相交谈,不会有人读报,更不会有人打开电视机。在这个贵族家庭里,只有一台极为老式的小电视机安静地待在客厅一角,并且从来无人打开过。

西克先生每天早晨六点三十分必须出门，为此西克夫人每天五点就要起床准备早餐。即便如此，詹妮弗一次也没有看到西克太太蓬头垢面过，也从未看到过西克太太穿着睡衣出现在餐厅。即便早间非常忙碌，但准备好早餐之后的西克太太，必定穿戴整齐地端坐于餐桌边，慢慢咀嚼、细细品味，愉悦地一口一口吃下属于自己的那份早餐。

尽管西克一家拥有豪宅和豪车，一家人出门时，却很少开车，而是尽可能步行。虽然西克夫人天生体态圆润，并不属于婀娜苗条的骨感美人，但却令人感觉玲珑有致，女人味十足。詹妮弗仔细观察西克夫人以及巴黎街头的其他法国女人，发现无论高矮胖瘦，她们给人的感觉很美，人人身上洋溢着女人独特的魅力。

"她们每个人都那么自信，每个人的体态都那么优美。"詹妮弗说。原来，女人的美丽，并非一定得苗条骨感才能展现，其根本源于自信与体态。

虽然巴黎是世界时尚之都，但詹妮弗发现，不仅西克一家，许多法国人的衣柜里，通常只准备几套可供不同场合穿戴的服装，除此之外，绝不会画蛇添足地再多一件。例如西克夫人的衣柜里，就只有十件衣服。衣服虽然不多，但每一件都质量上乘，量少却精致，因此，即使西克夫人几乎每天都穿着相同款式的衣服，给人的感觉却十分体面。

"西克先生和西克夫人"，詹妮弗在书中这样称呼她留学时寄宿过的法国人家庭。这个"西克"其实就是"chic"，翻译成中文，大意是"雅致"或"别致"。从西克先生和西克夫人身上，詹妮弗看到了"chic"的真正内涵：它并不是指拥有数不清的价格昂贵的名牌包包或是拥有一衣柜穿不完的名牌衣服，而是指一种生活的自律精神、一份不动声色的生活样式。消费与奢华，不过是属于土豪们的，而通过简洁单纯的生活所缓缓释放的矜持，才是属于贵族们的高尚品质。

深山咖啡店

◇绿骑士

　　夏天，又跑到高山上去，像是探访老朋友。

　　这道绵延意大利北境的阿尔卑斯山脉，被称作"大天堂"，确有人间仙境的气度。在山谷溪流边扎营安顿下来，每天，便往四周深山里走。山的夏装色彩缤纷：翠绿的草坡，苍郁的丛林，层层叠叠，村屋与路边都盛放着鲜花，小店里摆满了羊皮、牛角、牛颈铃、山果酒、奶酪、蜜糖。游人不绝，有时使人忘了是身在深山呢！我们不禁嫌太热闹了。

　　这天，我们不去寻名川胜境，只是沿坡后一条旅游指南上没有提到的小路而上，途中也没有遇到人。好曲折的山路啊，像缠山而上的绳索，小汽车似是旋涡上的小艇。好不容易上到山巅，静静的丛林间有个湖，然后转进一条小泥路，更是崎岖了。愈走愈窄，前面似是无路了。岂料，一转弯，豁然开朗，宽阔无边的斜坡上，满是鲜花彩蝶，远望环绕苍郁的险峰，真是山外有山啊，围绕着这个高谷，似是个巨大的窄颈酒壶。走啊走，直到"壶底"，再没有路了，只有几间小石屋，似是牧牛人的居所。

　　我们两个大人、两个孩子，背起轻便的行囊，踏上屋后的羊肠小道，往山上走，愈是走得高走得远，愈是感觉到人的渺小。远望常年积雪的山峰，时间似乎也凝固了。可是，时间仍流逝着，转眼又近黄昏，我们再下到"壶底"处，往那几间小屋附近走去。咦,竟然有间小小的咖啡店,在此荒野无人之地,颇叫人讶异。走进去,厚石室里有几张笨重的木桌椅,墙上悬着干花木杖,充满浓浓的深山气息。

没有人。我们正要在一角的桌边坐下,忽然见到桌上放了本书。一看,竟是黑塞的《乡愁》!我差点儿没嚷起来,这本曾使二十岁时的我神魂颠倒的书,俨然有点儿旧情人的意味,已久没想起来过了,连黑塞的作品我也已多年没再读过。在这儿,人迹罕至、牛羊野花之地蓦然遇见,真是意外。一个眉目俊朗的青年走过来,笑了笑,匆忙地拿开了书,怕占了桌上的位置。我脱口而出说:"我很喜欢这本书。"他听懂了这句法文,答道:"我也是。"

原来他的法文很有限,只勉强明白了我们要的饮品,然后他想跟我说什么,意大利文我不懂,他只有笑着走去取饮料,然后坐到旁边的长木凳上,那儿搁着把木吉他。呷着冰凉的桃茶,莫名地很快乐。这么个偏僻山岭,有个陌生的年轻人在享受着一份我曾经心爱的宝藏。

这时,有一男一女两名年轻人走进来,还以为是客人,原来是店主的朋友,在一角叮叮地弹起吉他来。女孩是初学的,拙嫩的音符像是对世界充满好奇的小精灵,探头探脑地跑出来,跃满一室。

然后,又有个稍胖的少女进来,仍是他们的朋友。她坐在长凳那边,只一会儿,就走到我们的桌边,指着小淮的胸前,笑盈盈地说:"泰泽?"

小淮戴着条项链,坠子是只张开翅膀的白铜和平鸽,有点儿像十字架的形状,是年初她到泰泽度周末时带回来的纪念品。那是法国中部一个小村庄,是推动天主教和基督教等联合运动的大本营,吸引了来自世界各地的人,尤其是充满理想的青年。

"我在几年前也去过呢!"胖少女拼凑起几个法文词,使我们明白了她的意思。看到这只和平鸽,她像是很兴奋,相信泰泽那种开放而特别的气氛,给她留下了深刻的印象。猜她是很高兴遇到有同样经历的人,叽里呱啦地说了许多话,我都听不懂,只见她老是笑嘻嘻的。

坐了一会儿我们便得离去了,结这么简单的账,他们也要看价目表,像是

很不习惯，相信是因为顾客实在太少吧。他们齐声跟我们道别时，竟有点儿像朋友了。走出去，背后又传来叮叮当当的吉他声，在寂静的山间让人觉得特别空灵。

我们一面下山，一面谈论着：这几个看似二十岁左右的年轻人，选择到这样的深山中开设这么一个情调迷人的店，伴着书与音乐、和平与理想，一天中也不知可以卖出多少杯咖啡，却没有减少他们的欢笑声，这是多么不食人间烟火的境界啊！这几个抛弃了现代文明，投入大自然怀抱的年轻人，使我们这些冲不出尘网的人羡慕不已。

实在太喜欢那个壶形高谷了，隔两天我们再次前去。行了半天山路，黄昏时又经过那间小咖啡店，便进去喝杯冰茶。没有吉他声，里面空无一人。才坐下，有人从后室推门进来招呼，是个中年胖子，腮边一抹青灰的胡楂儿，有点儿邋遢。这儿太荒凉了，让我产生一种错觉，以为山中方一日，世上已千年，年轻人在两天间添了二十岁？

"吃晚饭吗？"他问道。煞是奇怪，还不到六点，谁要吃晚饭？叫了饮品，他懒洋洋地端了过来，又垂头丧气地走到门边，呆看着无尽的野花野草。小室里静寂的氛围压着人，我坐了一会儿便要离去。

随口对那个人说："这儿真清静。"

他懂法文，愤愤地答道："太静了，这种地方，鬼也不多来一个。"我呆了呆，只听他又气冲冲地说："本来电视台说会派外景队来拍摄这儿的风景，介绍给大众，便会有很多人来。岂料他们没有这样做，连旅游指南上也不见提到一句，谁会摸到这儿来？"

正因这样，此地才保存了清新自然的风貌啊……这句话，才上到喉间一半，便被他怒目圆睁的神色吓得吞回肚中了。相信他跟人谈话的机会不多，越说越起劲："我打错算盘啦，辛苦攒钱来投资这小店，以为找到宝，竟是血本无归！"

原来他才是店主！不禁问道："前两天我们来过，见到几个年轻人……"

他唉声叹气地说："那是我的侄子和他的朋友，来这里度假的，已经走了。那天我有事下山，他代我看店。唉，看到别的山谷里，都是生意兴隆的……"

回程的路上，静静躺满一地的松子、无边的野花，竟好似也染了店主苦涩的神色。有人的地方便有人间烟火，高山深处也不例外啊。书声、乐声、和平鸽，都只是我们这些愚蠢的城市人一厢情愿的念头。深山的咖啡店，一点儿也不浪漫，我只能嘲笑自己。

寂静会滋养我们的灵魂

◇高　峰

为了寻求自然的寂静，一个叫戈登·汉普顿的美国人，读研究生时辍了学，走遍全世界，记录大自然的美妙声音。30多年过去了，这个曾经的小伙子成了六旬老者，也早已是世界知名的环保人士。

自然界的美妙声音

曾有人好奇地问汉普顿："什么是自然的寂静？"他是这样回答的："自然的寂静是只留下大自然以其最自然的方式发出的声音。是昆虫拍打翅膀在午后明媚的阳光中飞行的柔和曲调，是清晨喜鹊和蝉令人惊讶的大合唱，是大雨在茂密枝叶上震撼人心的演奏，也是清风拂过脖颈的柔和细语。"

在大学，汉普顿主修植物学，后来又开始读植物病理学研究生。一有时间，他就跑到户外观察并研究各种植物。有一次，汉普顿开车从西雅图前往麦迪逊，天黑后他一时兴起，决定在路边的玉米地里过一夜，这样还能省下一晚上的住宿费。"我躺在那里，听蟋蟀的鸣叫和各种自然的声音。半夜时分，雷声响了起来，暴风雨也紧随其后，不过，我没躲回车里，虽然浑身湿透了，但我依旧躺在那里聆听风声、雨声、雷声……突然之间，一个问题击中了我：我已经27岁了，为什么从没注意到自然界的声音这么美妙呢？"

"听风者"的生活

这次经历改变了汉普顿的人生轨迹。他索性辍学，开始全身心地记录自然界的声音。除了记录大自然的声音，汉普顿还与旅途中邂逅的人交流对寂静的认识，并将对话记录下来。他还拜会当地官员，呼吁他们关注噪声污染问题。

作为一个辍学学生，他不得不骑自行车当快递员拼命赚钱，赚够一次路费后，他就再次上路。

1992年，汉普顿执导的纪录片《消失的黎明大合唱》获得艾美奖"杰出个人成就奖"，他所做的工作才开始被世人注意。与此同时，许多著名的媒体以及机构，如史密森学会、美国国家地理和探索频道等，都找上门来，请他提供原始声音素材。

寂静正在迅速消失

过去30多年里，汉普顿曾多次环游世界，记录了除南极以外各地的声音。1983年，汉普顿在华盛顿州找到了21个寂静的地方，它们不受噪声干扰的间歇可以达到15分钟以上，可是到2007年只剩下了3个。"设想一下，你要找一个地方，在那里你可以静坐20分钟，听不到人类活动发出的声音。这样的地方在美国不超过12个，欧洲则一个也没有。"根据汉普顿的调查，在美国荒郊野外和国家公园，白天没有噪声干扰的平均时间间隔已经缩短到5分钟以下。为此，他建立了网站，倡导大家享受寂静，保护声音生态环境。

在汉普顿看来，自然的寂静不仅仅是一种声音，更是与自然、与自己交流的途径。"寂静滋养我们的灵魂，让我们明白自己是谁，等我们的心灵变得更乐于接纳事物，耳朵变得更加敏锐后，我们不只会更善于聆听大自然的声音，也更容易倾听彼此的心声。"

汉普顿很喜欢引用西雅图一位老酋长的话，150多年前，这位酋长在写给时任美国总统富兰克林·皮尔斯的信中说："如果在夜晚听不到夜莺优美的叫声或青蛙在池畔的争吵，人生还有什么意义呢？"

删繁

◇李 娟

那天和老师喝茶聊天,他说,人这一生,年轻时宾朋满座,能把酒言欢的朋友多得数不清。随着年纪渐长,中年的人生便是在做减法,删繁就简,剩下三两个朋友,成了一生肝胆相照的知己。

是的,时光是一把神奇的雕刻刀,镂刻世间一切的情感,将那些可有可无的东西都舍弃了,无论友情还是爱情。钱锺书先生在《论朋友》中说:"假使爱情是人生的必需,那么,友谊只能算是一种奢侈。"可见,千金易得,知己难求。友情从来是金钱买不来的奢侈品,漫漫人生,得三两知己,足矣。

午后,树枝上落满积雪,那些树就成了吴昌硕笔下的一幅画。此时,雪中的树木劲瘦秀挺、冰清玉洁,简洁、静美、风骨铮铮。

鲁迅先生谈写作时说:"竭力将可有可无的字、句、段删掉,毫不可惜。"这是先生写作的秘诀。"删繁就简三秋树",是郑板桥作画时的感悟,作画时以少胜多,用简洁的笔墨表达饱满丰富的内涵。可见,任何一门艺术要达到至高的境界,都是以洗练取胜,无论绘画还是写作。

看吴冠中先生的画作《墙上秋色》。画中大面积是雪白的墙壁,苍劲的藤条枝枝蔓蔓,爬满粉墙。那是深秋霜降时节,藤上的叶子枯萎飘零,枝条却潇洒闲逸,似流云、细雨、微风、浅草,又如春水初生,碧波荡漾。

原来，一面粉墙是素洁的宣纸，一扇轩窗，是粉墙的眼睛。墙上枯藤几枝，残红几片，诗意盎然。

这幅画好像一个人的中年，把多余的一切都删除了，心头的烦忧、生活的失落、外在的浮华，全都放下了。只余下铮铮铁骨的枯藤，坚韧、闲逸、自在、风骨犹存。吴先生以简洁的线条表达了画外诗情，意蕴无穷。

画家笔下的墙上秋色，原来是画外的人世春秋啊。

中年的人生，就是一棵落尽繁华的榉树，苍劲挺拔，沉静从容。读叶芝的诗："她劝我们从容相爱，如叶生树梢。她劝我们从容生活，如草生堤堰。"其实，人可以像植物一样简单生活，内心安然而身体舒展。

年纪渐长，才慢慢懂得删繁就简的深意，懂得珍惜眼前的悲欢，也学会自省、节制、放下。舍弃内心的贪念、名利、欲望、执着，像雪中的一树寒梅，剪雪裁冰，芬芳暗盈，却有清气满怀。

时间才是最大的奢侈

◇阿 眉

许多年前,家父出差北京,和同事在街头见到羊肉泡馍的招牌,于是进门以慰思乡之胃。没想到馍掰到一半,已经惊动后面的大师傅出来殷殷询问:"你们是从陕西来的吧?"据说这馆子开张数月,还没见到一份合格的掰馍。

羊肉泡馍是食客和大师傅合作出来的小吃,只有内行食客,才会把那两个半发酵半熟的硬面饼耐心地细细掰到碎如黄豆且颗粒均匀。传说大师傅会视掰馍的水平决定煮馍的用心程度,馍掰得好,大师傅才会以"老吃家"相待,尽心去煮。

西安人习惯于把掰馍时间用作谈天交流,边聊边掰,两不耽搁。馍掰好了,桌上有成对的牌子,一个夹在碗边让服务员端走煮馍,另一个号码相同的自己保存,这是为了保证吃到的馍一定是自己掰的。而等肉烂汤浓、香气扑鼻的泡馍端上来,上面摆着雪白的粉丝、翠绿的香菜、鲜嫩的肉片。

吃泡馍之前,先要耗十几二十分钟亲自掰馍,若没掰惯的,一个馍掰出来已经手指酸痛,这种食品显然和"时间就是金钱"的论调背道而驰,倒合了时髦的"慢生活"理论。也有人试图提高吃羊肉泡馍的效率,遂发明了掰馍机。西安的羊肉泡馍馆遂分为"机械"和"手工"两派。

前几天接待的外地友人提出想吃羊肉泡馍,并专门强调要吃最正宗的。朋友赶忙打电话咨询，得到"正宗泡馍馆"的权威推荐后，一行人才杀将过去。门面不甚起眼，古老的厚重木桌，地面角落是陈年油渍，还没到饭口上，已经坐满了人，在角落里才找到一张空台。开票交钱，送到桌上的大海碗里是两个面饼，真正讲究的羊肉泡馍馆，是没有掰馍机的。花半个钟头指导每个人将碗里的馍掰得够小够均匀后才拿去煮，泡馍煮好上桌，味道果然不同凡响。

快餐厅遍地开花的时代，便利和效率其实带走了很多东西，比如花很多时间、下很多功夫之后获得的那种额外的满足感。什么是奢侈？说到底，对时间的奢侈才是最大的奢侈。

如何安心

◇杨 健

有两件事讲的是如何安心的问题。

一是日本著名纪录片大师小川绅介在他的一篇文章里面曾经谈到他对米的感情："不知道为什么，没有米总觉得寂寞，当家里穷得没有米下锅，把钟表啦衣服啦拿去典当的时候，是很难受的。倒不是说有了米就能活下去，而是有了米，不知道怎么搞的，就觉得很安心。"

另一个就是台湾证严法师说过的一个故事。

有一位果农，辛苦地种了一大片果树，太太每天将孩子放在家里，让母亲照顾，自己跟着先生照顾果园。晚上回家，太太一定要孩子回到她身边。假如孩子还依偎着奶奶，她就会把孩子拉过来，责备孩子太过依赖。太太常常在孩子面前，对母亲很没礼貌。老母亲心里很难过，媳妇不在时，都是她在照顾孙子，为什么媳妇一回来，孙子就不能待在她身边，也不能吃她准备的食物？儿子看在眼里，难过在心里。有时会提醒太太："你应该对妈妈好一点儿。"太太就回应："孩子就像我们种的果实一样，我们种得那么辛苦，就是希望它结果啊！结了果实，我们要珍惜它，爱它。"这话更让先生感到无奈。

有一天，先生把果园的果树全都连根砍断。过了几天，树上的叶子和果实开始枯萎，掉了下来。太太着急地对先生说："怎么办？你看看，果实都

掉下来了。"先生就对她说："你没看到吗？根断了。"

"为什么根会断呢？"

"是我把它砍断的。"

太太不敢相信："你这傻瓜，怎么可以把根砍断呢？"先生却理直气壮地说："对啊！树要照顾它的根，人也一样要顾根本。我是父母生的，妈妈辛辛苦苦抚养我，你不能和我一起孝顺妈妈，等于断了根一样，如何结出好果实？"

没有根，又如何安心呢？

有一位修行者，每天都忙着处理很多事情，但处事的态度始终如一。周围的人问他何以能够如此，他回答："我站着的时候就专注地站着，行走时则专注行走，坐下以后就会专注坐定，进食时也会专注进食。""大家都一样啊！"提问者立即反驳。他又答："不对，各位坐着时总是急着站起来，站着的时候又急着要走，走着的时候心已经飞到目的地去了。"这个故事也一语道破了如何安心的问题。

在中国古代，没有体验过精神上的宁静和专注的人是不受敬重的，因为你的心还没有安下来，怎么能受到敬重呢？而那些安下心来的人大都选择最简单的生活，或山中，或乡村，或云中，或松下，他们的所需也极为稀少：几把茅草，数株茶树，一块瓜田。他们的一生也许只留下一两句话，一首诗，或是一个药方，他们大都与时代脱节，却与山水云霞常在，中国历史从来没有忽略他们，一显一隐，中国历史人物的功绩向来由这两面的力量形成。

白居易是既显又隐，那就是外以儒行作其身，中以释教治其心，旁以山水风月、歌诗琴酒乐其志。这是他安心的方式。

苏东坡同样是既显又隐，在生前，他已是"帝王师"的身份，无论在朝与外任，无论做官与遭贬，皆保有一分"尧舜之泽，唯己之泽"，这是他安心的方式。他的另一种安心方式就是："渊明形神似我。""我即渊明，渊明即我。"

在今天，这两个人的安心方式像是完全不可能的了。

收获幸福，有时你要和世界不一样

幸福与否有大众的标准，但幸福的感受却是个人的。所以，我们只有成为自己才幸福。不要为了迎合世俗的标准而活着。大家可能期望你做什么，或者期望你选择某种生活方式，但不要被这种期望所绑架，成为你自己有时比他人怎么看你更重要。

人生的遗憾是随波逐流

◇文　子

　　上个月，我和几个老朋友一起在拜县度假。大树秋千，草莓园和黄色房子这些当地的著名景点，我都没有去。我一个人待在酒店，醒了吃，吃了睡，实在惬意。如果不是那天下雨，我可能这一辈子都不会认识塔马斯。

　　下雨的拜县格外安逸，树叶发着绿光，大家都躲在酒店或咖啡馆避雨，我想出去走走，漫无目的地瞎逛后我走到一条道路两边都是藤蔓的小巷，在幽僻小巷的拐角，我看到一个昏黄的灯箱，灯箱上画的是一碗热气腾腾的面，面的旁边是一个漫画版的大胖子厨师。

　　我走到门口，开门迎接我的，正是灯箱上的大胖子，他笑起来特别亲切，就像隔壁的好心叔叔，他接过我的伞，点点头，招呼我坐下。

　　我打量了下这家餐馆，并不算小的空间里，只摆了五张桌子，当时只有我一个客人，多少显得有些冷清。我坐下来，点了一份面，一瓶啤酒。吃第一口面的时候，我就彻底沦陷了。毫不夸张地说，这是我这辈子吃过的最好吃的面。

　　大概喝到第十瓶的时候，他告诉了我他的故事。

　　他叫塔马斯，来自曼谷。

　　他出身于厨艺世家，他父亲以前是给泰国皇室做菜的厨师，也许是遗传，塔马斯对做菜有着惊人的天赋。

"但我最喜欢做的，还是面条。"他认真地说。

我问及原因，他拿出手机翻出照片说："你看，这是我的父亲。"我看到很多塔马斯父亲的照片，在很多金碧辉煌的酒店里，与好多领导人的合影。

每个同学都很羡慕塔马斯，他的父亲能为皇室工作，可对于年幼的他，这样的父亲太忙了。但不管有多晚，多累，只要父亲回家，都会给塔马斯煮一碗热气腾腾的面，这碗带着爱的面，陪伴塔马斯到十八岁。

十八岁之后，父亲把他送到了法国蓝带继续深造。

学有所成后，父亲希望他去皇室或者当地最好的酒店当厨师，他都拒绝了。大家都只是把厨师当成一份工作，哪里薪资待遇好，就去哪里，哪里发展平台大，就去哪里。他说，这样的厨师，太没有爱了，太没有温度了。

"我想开一家有爱与温暖的店。"他看着门口的灯箱，温柔地说。后来，他不顾所有人的异样眼光，来到拜县这个被亲戚和朋友嘲笑为乡下的地方。

所有的事情都是他一个人忙，早上他会亲自去菜市场选新鲜的配菜，上午他亲自打扫卫生。他说用心做好每一份面，执行每一道工序，就是想纯粹地把小时候自己幸福的味道，分享给每一个有缘分找到这里的人。

我说你真不觉得遗憾吗？也许真的就有你当年的同学在世界各地的酒店成为顶级厨师，成为老师或是评委。

他耸耸肩："遗憾？我很好啊，我觉得人生的遗憾就是随波逐流。"

我被这句话彻底击中。就像在旷野上孤独了很久的野马，在那一刻找回了同伴，我说："塔马斯，请坚持，我每一年来拜县，都会来看你。"

回来的这半个月，我总是在 ins（一款分享软件）上看到他的更新：店里有了新植物，他研究了新菜品，他和不同肤色的人站在门里的合影，每一张照片里的他都笑得那么发自真心。多好的塔马斯啊，他与世无争，他说人生的遗憾是随波逐流，他要以自己喜欢的方式过一生。

什么是福分

◇蒋　勋

读《红楼梦》，越来越记得一些小事，小得不能再小，却一再浮现出来，像兀鹰飞掠，像海獭潜泳，像第二十九回清虚观里一个无名无姓的小道士。

第二十九回，贾府初一要到清虚观打醮祈福，贾母、薛姨妈、王熙凤都去，宝玉也去，阖家大小，每个主人都带着七八个车夫、马夫、丫头、婆子，浩浩荡荡。作者这样描述：

只见前头的全副执事摆开，一位青年公子骑着银鞍白马，彩辔朱缨，在那八人轿前，领着那些车轿人马，浩浩荡荡，一片锦绣香烟，遮天压地而来。

这样一大家子贵公子、贵妇人外出，真的是"遮天压地"，百姓也都赶来围观。"遮天压地"，像是说这一家族外出时的浩荡排场，全副执事的阵仗；也像是说黑压压一大片、不知道为何如此兴奋、赶来围观的群众。

荣国府一行人马进了道观，贾母要下轿，王熙凤赶忙上前迎接搀扶，却正好撞上一个失魂落魄从观里冲出来的小道士。

大概因为荣国府大队人马要来，道观住持一早就发动所有小道士做清理工作，修剪花草，灯烛高烧，彩幡绣旗，装点门面。这个十二三岁的小道士负责剪灯烛蜡花，太负责任了，剪得忘了时间。听到鼓乐迎宾，知道人马已经到了，吓得没处躲藏，手里还拿着个剪子，赶忙蹿出来，正巧就撞到王熙凤怀里。

王熙凤被撞到，怒不可遏，"便一扬手，照脸打了个嘴巴，把那小孩子打了一个筋斗"。王熙凤一面打，一面厉声骂道："小野杂种！胡朝哪里跑？"小道士闯了祸，吓坏了，被打在地上，剪子也顾不得捡，爬起来就要再跑。小姐们还没下车，随行的众婆娘、媳妇围得密不透风，小道士没处钻，众人齐声喝叫捉拿："拿，拿！打，打！"贾母听见喧哗，问是什么事。王熙凤回说："一个小道士儿，剪灯花的。没躲出去，这会子混钻呢！"贾母听了，忙说："快带了那孩子来，别唬着他。小门小户的孩子，都是娇生惯养的，哪里见得这个势派。"贾母怕吓到这孩子，穷人家的孩子，没见过这样豪门贵族的阵仗，说："倘或唬着他，倒怪可怜见的，他老子娘岂不疼得慌？"小道士被带来见贾母，跪在地上，全身发抖乱颤。贾母问他几岁，小道士一句话也说不出来。

贾母可怜这孩子，要贾珍带出去，给他钱买果子，还特别叮咛："别叫人难为了他。"《红楼梦》中的微尘众生，也许是这一个无名无姓、偶然闯出来的小道士吧。微尘众生，想到兀鹰，想到水獭，想到水獭口中嚼烂的鱼、蟹，想到林木间偶然相遇的一水塘，水塘中盛开的红莲，其实我不知道它们之间的因果。

贾母到清虚观，是为祈福而来，这一回的回目说："享福人福深还祷福。"连用三个"福"字——这么有福气的人，这么多福分了，还要祈求幸福！

我有时停下来想："福分"是什么？

一生富贵荣华的老太太，这一天，动念可怜一个吓得全身发抖的孩子，这便是她的"福分"吧。她对自己的荣华富贵知福惜福，她对卑微生命的惊慌恐惧有不忍，对自己拥有的生死予夺权势有谨慎，也有谦逊。

这就是"福分"吧。

的哥西蒙的幸福生活

◇海　伦

　　西蒙是我来香港后认识的的哥，中等身材，戴着一副细框眼镜，斯斯文文的。星期天在教会碰到他，如果不是他开着一辆红色的士，你不会当他是的哥。他的确和一般的的哥不同，他只做大学往返机场的生意。

　　大学位于西贡的清水湾，离赤腊角机场40公里，单程40分钟左右的车程。当年西蒙的车不打表去程250港币，回程加隧道费280港币，据说收入相当于助理教授的月薪。用过西蒙的车后发现此哥非彼哥，他穿着体面，帮客人搬行李，开车门。他的名片上印有他的电子邮箱，如果你预约，他一定会及时回复你的邮件；如果你要求的时间他本人没有空，他会安排他朋友的车并告知司机的姓名、电话、车牌号。预约西蒙的车零风险，每次他都会早到10分钟等你。如果你正好早几分钟出门，你会发现他站在车外，车里开着收音机，电台播放着巴赫、莫扎特、勃拉姆斯的古典音乐。看到你，他会马上过来帮你提箱子，脸上始终洋溢着真诚的微笑……

　　大学里的教授都爱用西蒙的车，不但因为他守时，而且他能说一口相当好的英文。大学经常有世界各地的教授前来访问，学校的车队安排不过来，就派他去接第一次到来的外国客人，他会用流利的英文介绍香港的风土人情，好吃好喝好去处。久而久之，就连常来访问的教授都知道这个彬彬有礼、服务周到、朝气蓬勃的的哥。

西蒙在大学附近租住了房子，比起很多香港的哥，西蒙的生活自然是令人羡慕的。然而过了几年收入可观又稳定的日子，西蒙却决定搬家并缩短了工作时间。原来他的女儿出生后由母亲照看，他便搬到母亲居住的同一个小区，以便收工之后花更多的时间陪女儿。再后来，预订西蒙的车跟约见校长一样难，星期天不开工，带女儿去教堂做礼拜；一大早不开工，他自己要去海边游泳；下午3点后不开工，要接女儿；晚上也不开工，要陪女儿读书，做功课……他的生意几乎都让给了他的朋友，他的朋友开心之余也百思不得其解：西蒙简直是个怪物，做了的哥这行，少接一单生意，就少一笔收入，哪里还有挑三拣四，跟钱过不去的！

终于有一天，我碰巧订到了西蒙的车，那天只有十几摄氏度，西蒙刚去海边游完泳回来，头发还是湿的。很久不见，西蒙又黑又壮，倒是少了点儿斯文，多了些粗犷。于是从游泳说起，他算了一笔账：游泳是对健康的投资，在海里游泳是不要钱的，健康是无价的，所谓无本万利；太太做文职，朝九晚五，西蒙的时间灵活机动，便做了家里的贤内助。女儿放学后不用送去补习班，省钱次要，他自己书读得少，和女儿一起学习，成长又是无价的；平时下午收工后便把车租给朋友开，不但收了租金而且免了小区的停车费。西蒙亦不做房奴，他没有钱挣多了可以买房的想法，他说租房就像水电煤气牙膏肥皂日常的开销，你每天用的煤气都是要花钱的，但是你不会去想花更多的钱拥有一家煤气公司。一个10岁随父母从潮州移居香港，只念了中学就出来讨生活的的哥有如此觉悟，实在令我自愧不如。

这些年，很少再见到西蒙，偶尔在校园里见到他，他的笑容依旧，你会深切地感受到，他发自内心的幸福。

不幸福是因为你活得太"理所当然"

◇张德芬

几年前在美国上过一个课程,老师让我们所有人一天半不吃东西,然后饥肠辘辘、身无分文地上街去找吃的,只准跟别人说"我饿了",不能多说半个字。我是无法忍受饥饿的,这个练习真要命。

我一个人在熟悉的圣塔莫尼卡镇海滩晃来晃去,经过了几家常去的、最喜欢的餐厅,可是我口袋里一毛钱都没有。最后饿得受不了,我终于开始行动。

我看到一个穿着打扮都不错、三十多岁的男人,点了一张好大的比萨饼(我最讨厌的食物,不过乞丐就不挑食了吧),还有热狗,一直在讲电话。好不容易等他讲完了,我鼓起勇气上前跟他说:"我饿了。"他看看我,不耐烦地说:"你要这个吗?"指指他的比萨饼。我点点头。他施舍般地抽了一块给我。我猛点头表示谢意,走到旁边去细细品味那一块来之不易的比萨饼,它仿佛是天下第一美味。

不那么饿了以后,我就再也没有勇气去乞讨食物了,宁可饿着。我到我最喜欢的几家商店逛逛,看看我平常会买的东西,店员热心地为我介绍,但是,我一毛钱也没有,也不能开口,只有点点头,然后仓皇而去。

练习结束之后,同学们聚在一起讨论。我发现,年轻漂亮的女孩最吃香,只要稍稍开口,对方就非常情愿地分享很多食物。而白种人、年轻力壮的男子,是最倒霉的。好不容易挣扎地开了口，对方说："你饿了，为什么不去找点儿食物来吃？"还有些人冷漠地为他指出最近的餐馆在哪里。

不过有一点很令人感动，一个年轻的白人男子处处碰壁之后，跑到一群流浪汉那里去，说："我饿了。"那几个流浪汉一听，立刻开始翻箱倒柜（其实就是搜索自己附近的袋子啦）找东西给他吃，有一个甚至掏口袋，拿出自己仅有的几枚硬币给他。

国际影星李察·基尔最近也做了一个实验，他假扮成流浪汉，在纽约街头乞讨。其实，他也没化装，只是穿着简单、形象邋遢一点儿而已，坐在路边等人救济。他说，大部分人都只是匆匆路过，没有人注意到他。有的人会给他一个鄙夷的脸色，只有一个小姐很好心地给了他一点儿食物。他说："这次经验令我永难忘怀。我们总是忘记自己有多幸福，不应该把它视为理所当然。如果我们能帮助需要的人，我们就应该这么做。"

乔装结束后，他给了附近所有流浪汉一百美元和一些食物。他们都哭了，而且非常感激。最后李察说："做你想要在这个世界上看到的改变！"

2015年很火的两部电影《港囧》和《夏洛特烦恼》，都是讲失意的中年男子的故事，以为自己的烦恼失意是未能实现年轻时候的梦想造成的。当面临可能失去现有的一切时，才幡然悔悟，原来自己拥有的是那么美好，却被自己的幻想给蒙蔽住了。

有的时候，让自己的生活跳出常规，去经历一些生活轨道外的体验，也许能带给你不一样的人生视角和感受，不妨试试看。

关切的眼神和好奇心

◇［日］大江健三郎　译/徐金龙

我在文章里经常写到大儿子光患有智障，写到我们全家因他创作的音乐而快乐，并设法宁静地生活至今。之所以说设法，是因为我们总是在超越接连不断出现的困难。

从 2006 年年初开始，我和光每天进行一个小时的步行训练。我们居住在小山坡上，通往平地的那条长长的下坡道上，有一条用栅栏围着的散步道路，下行到平地后，便沿着运河的那同一条散步道路延伸而去。

光今年四十二岁，医生提醒说，光身上已经出现成人病的若干迹象。考虑到他的肥胖，我便想要与他共同行走。这也只是基本的步行训练。

他还存在视觉障碍，无法跑动，脚部也有不算严重的问题，因而在乘坐轻轨列车或是前往音乐会的时候，我或妻子总要握住他的手臂。

这是外行人制订的步行训练计划，指望光借助这个步行训练最终能够独立行走。具体方法是：放开他的手臂，只是贴近他的身体步行。为了解决他在行走时鞋底蹭擦地面的毛病，我想办法让他走动时摆动双臂，与腿部的动作协调起来。

光做起事来非常认真，在步行训练期间他并不说话，我便思考正读着的书或是想着其他事情。

　　光抬不起腿脚就容易绊倒，经常因此而引发癫痫轻微发作。每当此时，我便紧紧抱住他，让他在地面坐下来，一动不动地保持那种姿势大约十五分钟。在此期间，由于我需要支撑光的头部，即便周围有人招呼我们，我也无法应答，曾有多次惹得对方心头火起。

　　且说在这次的步行训练中，正当我的头脑不知不觉被散漫的思绪占据时，光被路面上的一块石头绊住脚，摔倒在地。由于这不是癫痫发作，光的意识很清醒，反而让我为之惊慌，我为自己未尽到责任而自责。

　　我所能做的，就是抱住远比自己身体沉重的光的上半身，将其倚靠在散步道路旁的栅栏上，检查他摔倒时是否伤及头部。在别人看来，我们两个人慢腾腾的动作一定显得无依无靠。

　　一位中年妇女骑着自行车来到近前，她跳下车便招呼道："没问题吧？"同时将手搭在光的肩头。光最不喜欢的，就是被陌生人触摸身体，再就是狗对着他吠叫。在这种时候，我明知自己会表现得非常粗野，却仍然强硬地说道："请你先把手挪开！"

那位妇女愤怒地起身离去后，我发现一位高中生模样的少女，在距我们一段距离的地方停下自行车，一动不动地注视着我们。她从衣袋里掏出手机，却并不完全掏出来，只是让我略微注意到那手机，同时她凝神注视着我们。

光站起身来，我站在他身旁并回头望去，只见那位少女颔首致意后，便轻灵地骑上自行车离去了。我由此领会到的是这样一种信息：我就在这里守护着你们，如果需要联系急救车或是亲属的话，就用这手机帮助你们！我无法忘却在我们离去之际看到的少女那颔首致意的微笑。

法国哲学家西蒙娜·韦伊说过一句话——对于不幸之人，要怀着深切的关怀问上一句："您哪儿不舒服吗？"是否具有问候这句话的能力，关乎是否具有做人的资质。

韦伊对于不幸之人的定义是独特的，突然摔倒在地并因此而惊慌的我们，在这种场合也算是不幸之人。那位妇女积极表现出我们难以接受的善意，她也是韦伊予以积极评价的对象。可以说，必须改变的是在这种时刻仍然拘泥于本人情感的自己。

但是，在这个对不幸之人只抱有强烈好奇心的社会里，从那位少女关切且适度的举止中，我发现了新一代人所抱持的态度。谁都会有好奇心，关切的眼神却在净化着这种好奇心。

樱桃的滋味

◇侯文咏

伊朗导演阿巴斯的电影里曾经讲过一个故事，对我影响深远，因此我很乐意再讲一次。

有个失意的人爬上一棵樱桃树，准备从树上跳下来，结束自己的生命。就在他决定往下跳的时候，学校放学了。小学生成群走过来，看到他站在树上。

一个小学生问他："你在树上干什么？"人倒霉时，连想自杀都不顺利！唉。看着小孩儿，他心想，总不能告诉小孩儿他要自杀吧。于是他只好说："我在看风景。"

"你有没有看到身旁有许多樱桃？"小学生问。

他低头一看，之前根本没有注意到树上真的结满了大大小小的红色樱桃。

"你可不可以帮我们摘樱桃？"小学生说，"你只要用力摇晃，樱桃就会掉下来了。拜托啦，我们爬不了那么高。"

这是什么日子啊？

失意的人拗不过小学生，只好答应帮忙。他开始在树上又跳又摇，很快地，樱桃纷纷从树上掉下来。小学生们全都兴奋地抢着捡食樱桃。

由于是放学时间，地面上聚集了越来越多的小学生，他也被要求一跳再跳，一摇再摇。然后是小孩儿的欢笑声、大呼小叫声。

一阵嬉闹之后，樱桃掉得差不多了，小学生们也渐渐散去了。失意的人坐在树上，看着小学生们欢乐的背影，不知道为什么，自杀的念头一下子就没有了。

他看了看周遭，摘了些还没掉到地面的樱桃，无可奈何地爬下樱桃树，拿着樱桃慢慢走回家里。

他回到家后，家仍然是那个破旧的家，一样的老婆和小孩儿。

老婆问他到哪里去了，他拿出了那些樱桃。老婆露出了笑脸，没再说什么，孩子们全都又叫又跳，好高兴爸爸带樱桃回来了。

晚餐之后，太太端出樱桃来。大家开心快乐地吃着樱桃。

看着大家，他忽然有种新的体会和感动。他心里想着，或许这样的人生还是可以过下去的吧……故事就是这样了。我不晓得它有什么法力，可是这个故事却帮助我渡过了当时的低潮和难关。后来我常常把故事告诉别人，也看到了它神奇的魔力。每当它真的发挥功用时，我就觉得仿佛我自己也尝到了樱桃的滋味。

我常常在想，这个神奇的故事迷人的地方到底在哪里？

后来我想通了几个道理。首先，它不只是一个故事。当你听过这个故事，就像我一样，你不难发现自己的心中也有一棵樱桃树。它其实一直在那里，只是你没有发现而已。其次，当你也像电影里面的人一样，热心地用力摇晃樱桃树，摘下樱桃分给别人时，你很容易就会带给别人快乐，也会带给你自己快乐。最后，也是最神奇的地方是，你越是那样和别人分享，樱桃就越结越多，并且滋味越来越丰富。

人生如戏，请给我好一点儿的演技

◇辉姑娘

在日本坐电车，时间久了发现一个与国内不太相同的风俗，就是不能让座。

大约是低调惯了，日本的老年人和孕妇都不大希望自己成为受人瞩目的弱势群体，被照顾和谦让总会感到尴尬。

有次与朋友一同乘车，过了两站，上来了一位老人。

这位老人的年纪实在是太大了，拄着拐杖，须发皆白，身体几乎驼成了90度。周围的人都无动于衷，我浑身难受，如坐针毡，只好使劲拉了拉朋友的衣袖，问他怎么办。

他想了想，说："我们干脆装要下车，给他让座吧。"

我觉得这个主意好，于是老人走过来的时候，我们站起身，向他点头致意后走开。

眼看老人坐在了位置上，我舒了一口气。刚在车门旁站定，朋友便使劲拉我一把，我不明就里，疑惑地被他拽着下了车。"你干吗？怎么真的下车了？"我不解。

他小声说："站在车上，老人和其他人总会看到我们的，不如干脆下来。"

我笑他："你还真夸张！不过是心知肚明的事情，演戏而已嘛。"

他认真地摇头："既然选择不让老人尴尬，就不要留下任何尴尬的可能性。

演戏也要好一点儿的演技,才算是真正的成全啊。"

深冬,去黑龙江朋友的家中过春节。给老人拜年时,朋友"扑通"一声跪倒,把我吓了一跳。然后眼见他虔诚地全身伏倒,向笑得合不拢嘴的老人咣咣磕了几个头,一点儿都不放水,额头都明显红了一块。

拜完年后我偷偷问他:"干吗那么卖力?"

他说:"我们这里都要这么磕头拜年,磕得轻了老人会不高兴,别人也会说你没家教。"

我说:"孝顺不一定要体现在磕头上啊。工作顺利,往家里拿点儿钱,平时多陪陪老人……都能体现心意不是吗,何必非要形式主义?"

他笑笑,说:"人老了,钱反而没那么重要了,有时候在乎的就是那一点儿仪式感。你表现得重视,他就高兴。"

他又说:"就算哄,也要哄得像那么回事。老人虽然老了,是不是敷衍还是看得出来的。"

去听一位演讲大师的授课,他说,讨人喜欢大都体现在说话的细节上。

比如,不要说"谢谢",要说"谢谢你",不要说"抱歉",要说"真的对不起"。

想想还真是这样,加了几个字,听起来就更具诚意。

大学时看《美丽人生》哭得一塌糊涂。那是个幸福又不幸的故事:集中营里,为了保护儿子,父亲导演了一场浪漫而残酷的游戏美梦。他告诉儿子只要遵守规则,攒够1000分就能赢得坦克并回家。最后儿子躲在柜子里,父亲从他的面前带着笑容大步走过。儿子始终记得父亲告诉他的话,不能出去,出去就得不到坦克。

父亲的表情和语气那么认真,他相信了。电影里的儿子即使长大以后,也会拥有更加健全、乐观和积极的心态。

为了你在乎的人,彩衣娱亲也是雅事一桩。为了在乎你的人,又何妨当一次高规格的影帝。

不会有谁关心戏份真假,只关心演得投不投入。

想要你仔仔细细画一个饼给我,哪怕虚幻如泡沫,也能感到四周洋溢的香甜与充斥的饱腹感。因为你认真了,因为我投入了。因为那是你给我的,而我爱着你。

人生如戏,请给我好一点儿的演技。

告别应在晴暖好天气

◇谢宁远

那天从曼谷回国，买的港航廉价机票，因此必须经历恼人的转机，加上航空管制，我足足在机场滞留了十个小时。百无聊赖中，唯一能安慰我的事就是看书，我的目光四处搜寻，运气还真不错，航站楼里确实有家繁体小书店。

就在畅销榜上，我一转身看到了这本小说，*The Fault in Our Stars*，中文译名《星运里的错》，光是书名就够美了。得到一本好书，就像遇见一个赏心悦目的人一样，可遇而不可求，所以但凡碰上了，我都不轻易松手。就因为太痴迷于阅读它，我差点儿错过了飞机。结束旅途回了校，我又连夜找来以此改编的同名电影，竟比书还精彩。

这故事很简单，男孩与女孩，一个十六岁得肺癌，一个十七岁得骨癌，在癌友互助会认识，从此像茫茫宇宙中两颗小星辰一样彼此吸引，彼此照耀，两个人越走越近，开始在告别世界之前处处留念，只为不留遗憾……

和电影里几场用尽全力的哭戏比起来，更触动我的是一些温暖又刺人的小哲学。它们不激烈，也不震撼，像暮春时节的柳絮一个不小心钻进鼻腔里似的，痒痒的，让人忍不住打个喷嚏，不知道怎么的，眼眶就红了。大概由于同为作者，我更明白要写出人人看了都会被治愈的东西，比制造悲苦离奇的大波折更需要真心，也更难得。

比如女孩的妈妈说:"你知道比因病去世更令人难过的事是什么吗?是你看着家人得了癌症离去,而你,只能这么看着。"那种毫不费力就流露出的无力感,因为细小,才显得如此贴切,像被麻醉枪打进心里一样,让人猝不及防。

再比如故事最后,年轻的男孩要先一步去世了,于是他让自己的好哥们儿和女孩一起,在他长眠之前,为他提前办一个"预备葬礼",女孩和好哥们儿轮流站在教堂里为男孩念悼词,而男孩就静静坐在下面,微笑着听,幸福地体会。

这个古怪的情节,莫名地让我动容,翻来覆去看了好几遍。是啊,这个世界上每天都在举行那么多场葬礼,大家捧花盛装出席,隆重缅怀,深刻追忆。若是八旬老人离开,还被称为喜丧,全家花钱让人敲锣打鼓,当作开心事来操办,处处喜乐融融……而这些,当事人都看不到。

所谓葬礼,不就是一场告别吗?既然是对这世界和所有人的告别,为什么自己没机会经历一切呢?长久以来,我们都在缺席自己此生最后的一场告别。

如今我还很年轻,很年轻,离生命告终还很遥远,但我真的希望可以看见自己的葬礼。

如果可以,我希望挑一个头顶湛蓝的好天气,不要在冰冷的别处,就在暖融融的草地上。大家不穿黑衣,包括我在内的所有人都身着喜欢的衣服,坐在一起,就像任何一次吃饭唱歌一样,拥抱、聊天、打趣,然后在黄昏降临时各自回家,不必说再见,因为不会再见。

就像《星运里的错》电影里的台词一样:"遗忘在所难免,我也知道,我们都在劫难逃。总有那么一天,我们的努力将会重归于土。"既然都已经可以直面消亡了,为什么不好好完成告别?

我还希望在那一天,现场乐队都听我的,只单曲循环一首歌,懒洋洋的《你是我的阳光》。它有一种美好的超能力,我每听一次,都会感到幸福实打实地握在我手心里。

所有权让人为奴

◇林采宣

  林语堂《京华烟云》里有一个片段：姚家为逃避战乱，将古玩埋在院子地下。木兰问父亲："这些宝贝要是被别人掘走怎么办？"姚老爷说："周朝的古董，传到现在，历经三千年，中间辗转几百个主人，谁能永远占有呢？"

  一样东西，它在你的手里是缘分，人生有限，任何一款奇珍异宝与主人的归属关系都是短暂的。用历史的长镜头去扫描，所有权有时候只是一个童话。

  名士张伯驹酷爱古玩字画，倾家荡产收藏珍迹，最后分文不取全部捐给国家。世界首富比尔·盖茨在庆祝自己50岁生日时宣布，身后将数百亿美元的巨额财富捐献给社会。拥有"股神"之称的沃伦·巴菲特75岁时宣布，将其85%的个人财产——370亿美元捐献给美国五家慈善基金会，其中300亿美元捐给比尔·盖茨基金会，创美国有史以来个人慈善捐款额之最。

  盖茨、巴菲特和张伯驹的捐赠，本质上都是基于一个共同的文化语境：生命的美好与否，区别在于过程而不在于结局；任何形式的财富都是流动的，捐赠行为使之归于应归之处。

  从记事开始，我们就渴望"拥有"，拥有布娃娃、玩具枪，拥有小人儿书和小皮球，拥有糖果和奖状，拥有这个，拥有那个。当"拥有"和财富挂钩，这个动词后面的内容，似乎是多多益善，不仅包括物质，同时也包括权力或者别的什么，大多数人在渴望"拥有"的期冀中长大。

小时候，看见祖母给服装厂做女红，戴着老花镜，针线在她的手上磨出厚厚的老茧，挣来的钱十块五块地存进一本薄薄的红皮存折。1998年她去世时，折子上有一万多元存款，叔叔拿出来全部用于办丧事。省吃俭用一辈子，只为拥有一份让自己心安的积蓄，而最后，却在一夜之间烊化在道士、尼姑的吹拉弹唱当中。

出殡那天，整条街的街坊邻里都过来吃豆腐饭。望着十几桌筵席上举杯挥箸的邻居和亲戚们，我想，如果祖母当年不去为存折上的数字努力，那么，她这一辈子的饭桌上，或许顿顿都会有鲜美的排骨汤以及新鲜的草鸡蛋。然而，她的这些积累下来的财富，都变成一路抛撒的冥钱和一块看似奢侈的墓碑。

二十多年前，为了省一点点钱，祖母曾经含辛茹苦，把自己原本可以过得很滋润的人生，省俭成无数个皱皱巴巴的日子。让人悲哀的是，二十多年后，仍然有许多家庭省吃俭用，把本来尚可丰衣足食的小康生活压榨成锱铢必较和风雨兼程的艰辛，为的只是拥有一套两居室或者三居室的商品房。

所有权，让一些人成为财奴，让另外一些人成为房奴。

给亲情留出一条缝儿

◇阿　简

　　朋友小马，10年前放弃了家乡稳定而优越的工作，来北京跟老公团聚。那时候，老公还是个被人呼来唤去的文员，小马又一时找不到满意的工作，两个人挤在老公那间9平方米的单身宿舍里。日子过得虽然乐和，到底清苦些。所以当小马发现自己怀孕以后，并没有感到多少兴奋和喜悦——所有的情况都还没有稳定，她不想在这个时候慌慌张张地要孩子，"不想让孩子一生下来就跟着父母受苦"。老公用自行车把她推到医院，两个人坐在医院门口的马路牙子上犹豫了足足两个小时，最后还是一咬牙，把孩子做掉了。

　　"我没想到，这会是我生命里唯一的孩子。"小马低头望着杯子里的茶，幽幽地说。经过这几年的打拼，夫妻俩的生活大大地改善了，可是渴望拥有一个孩子的希望，却越来越渺茫——因为先天的卵巢功能异常，她不能正常地排卵，而做掉的那个孩子，本来该是她生命中的一个奇迹。几年来，小马为了要个孩子四处奔走求治，可是没有用。"也许，是他记恨我们做父母的爽约了，坚持不肯来见面吧？唉，当初为了先挣点儿钱，把孩子做了，可这几年看病，把我挣的这几万块钱都花进去了。有时候坐在那儿我就想：绕了这么一个大圈儿，我到底图个什么啊？要是那个孩子还在，现在都上五年级了。"

　　前几天去一个朋友家，参加她父亲的葬礼。灵堂设在局促窄小的门厅里，朋友一身重孝跪在门口，陪同前来吊唁行礼的亲友给灵位磕头，脑门上已经磕出了一大块乌青。"简姐姐，我后悔啊！"她趴在我的肩上，哭得泣不成声，"我拼命地工作赚钱，总想着早点儿给我爸妈换套大房子，搬出这个鸽子窝去。我爸好几回做好了饭叫我回来，我都因为有事耽搁了。我总以为，给他干点儿实事，比囿着他转悠强，我哪知道他好好的就这么撒手走了啊！他临死说的最后一句话，就是问我妈丫头回来了没有，我想她……他是瞪着眼、伸着手走的，要等我回来啊！早知道这样，我干吗要去出那个差啊……"

我轻轻拍着她的背安抚她，却说不出一句适当的话。她老爸刚60岁，平日里身体壮得像头牛似的。最大的乐子，就是做拿手的红烧肉或者炸酱面，叫女儿招来我们这帮狐朋狗友，打狼似的跑来吃个风卷残云，然后固执地坚持一个人收拾碗筷，还咿咿呀呀地哼着小曲，美得乐不可支。这样一个结实、达观的老人家，不知怎么忽然得了脑出血，洗澡的时候摔了一跤，就再也没起来。

我望望老人的遗像，又看看疲惫哀伤、几近崩溃的朋友，不胜唏嘘。很多时候，我们过分地注重物质对亲人的重要性，而忽略了他们的情感需求，为了给亲人一个舒适、富足的生活条件，早出晚归马不停蹄。我们经常来不及跟家人享受天伦之乐，也来不及思量有很多爱，是不可以等待的，和世间的很多情谊一样，亲情，其实也是一种缘分，这个缘分有长有短，我们无力把握，唯一能做的，就是在紧张而忙碌的生计中挤出一条缝，好让我们珍惜跟亲人在一起的每一个日子———一碗炸酱面，一碟拍黄瓜，照样可以吃得有滋有味。只要有爱，茅屋也是天堂了。

人为什么都不肯死

◇贾平凹

人总是要死的。大人物的死天翻地覆，小人物说死，一闭眼儿灯灭了就死了。我常常想，我能记得自己生于何年何月何日，但将死于什么时候却不知道。一觉睡起来，感觉睡着的那阵就是死了吧，睡梦是不是另一个世界的形态呢？

我的一个画家朋友，一个月里总要约我见一次，每次都要交给我一份遗书，说他死后眼睛得献给某某医院，心肺得献给某某医院。过些日子他又约我去，遗书又改了，决定把眼睛献给另一个医院。对于死和将死的人见得多了，我倒有个偏见，如果说现在就业十分艰难，看一个孩子待父母孝顺不孝顺就看他能不能考上大学，评价一个人的历史功过就得依此人死后是否还造福于民。秦始皇死了那么多年，现在发掘了个兵马俑坑，使中国赢得了那么大的威名，又赚了那么多旅游参观的钱，秦始皇就是好的。

依我的经验，30岁以前从来是不思考到死的，人到了中年，死的概念动不动冒在心头。几个熟人凑一堆儿，瞧，谁怎么没来？死了。凡能说到死的人，其实离死还遥远，真正到了死神跟前儿，却从不说死。

我见过许多癌症病人，大都有三个发展阶段，先是害怕自己是癌症，总打听化验检查的结果，观察陪护人的脸色。如果知道了事实，则拒不接受，陪护人谎说是无关紧要的某某部位炎症，他也这么说，老实配合治疗，相信奇迹的出现。倘若治疗无效果，绝望了，什么话也不说了，眼睛也不愿看到一切，只是流泪。人一生下来就预示着死，生的过程就是死的过程，这样的道理每个人平时都能说一套，甚至还要用这般的话去劝导临死的人，而到了自己将死，却想不开了。

《红楼梦》里的那一段《好了歌》，说的是功名、富贵、声色，不能看得通达是人生的弱点，那么人性里最大的可悲处是不能享受平等。试想，一个平头百姓平日里看不惯以权谋私，看不惯不公正地发财，提意见、闹斗争地要平等，可彻底消除贵贱穷富和男女老幼界限的最平等的死到来时，却不肯死。

为什么不肯死？民间的意识里，死是要到阴曹地府去的，那是一个漆黑无比的地方。接触过许多死去了又活过来的人，他们讲在死的时候，觉得自己一直往上飞，越往上飞越觉得舒服，甚至能看到睡在床上的自己的身子。这情景真实不真实，我没有经验，但凡见过的病死的人最后咽气的时候差不多都呈现出一丝微笑的。

我在陕西见过一次葬礼，十几人围着死人敲锣打鼓唱孝歌，其中一段在唱："说一声你死了就死了，亲戚朋友都不知道。亲戚朋友知道了，亡人已过奈何桥。奈何桥七寸的宽来万丈的高，中间抹着花油胶。大风吹来摇摇摆，小风吹来摆摆地摇。有福的亡人桥上过，无福的亡人被打下桥。亡人过了奈何桥，从此阴间阳间路两条。社会主义这么的好，你为什么要死得这样早？"这是没办法的，谁都要离开这个人世，如果人世真是这么的好，你总不能老占着地方不让别人来吧？

把生与死看得过分严重是人的禀性，表现出来就是所谓的感情，其实这正是上天造人的阴谋处。识破这个阴谋的是那些哲学家、高人、真人，所以他们对死从容不迫。另外，对死没有恐惧的是那些糊里糊涂的人。最要命的是高不成低不就的人，他们最恐惧死，又最关心死。你说人来到世上是旅游一趟的，旅游一遭就回去了，他就要问人是从哪儿来的又要回到哪儿去。

这人生的一趟旅游是旅游好了还是旅游不好，每个人都有自己的体会。我相信有许多人在这次旅游之后是不想再来了，因为看景常常不如听景。既然阳

世是个旅游胜地，没有来过的还依旧要来的，这就是人类不绝的缘故吧。作为一个平平常常的人，我还是持我平常人的庸俗见解。孔子有句话："朝闻道，夕死可矣。"当我第一次读到这句话特高兴，噢，孔圣人说过了，早上得了道，晚上就应该死了，这不是说凡是死的人都是得了道的吗？那么，这死是多么高贵和幸福。

皇后的命运

◇沈奇岚

像伊丽莎白一样死去，还是像武媚娘一样胜利？这简直像是"To be or not to be（生存还是毁灭）"的经典问题，横亘在了眼前。屏幕上这些皇后的命运，真叫人扼腕。

我在上海文化广场观赏了经典德语音乐剧《伊丽莎白》，这是一出异常精彩的戏剧，讲述的是著名的茜茜公主追求自由的一生，也是一个女人不断付出代价的一生。

这个叫伊丽莎白的姑娘和哈布斯堡王朝的皇帝一见钟情，他们深陷爱河，决定在一起。于是她从伊丽莎白成为哈布斯堡王朝的皇后，成为皇宫当中最最鲜活的生命。

每个皇宫都有一个可怕的代表僵化体制的皇太后，西方的皇宫也毫不例外。皇太后索菲代表了宫廷的礼仪和规矩，她嫌弃伊丽莎白的一切，觉得她不懂礼仪也不够优秀，不配做皇后。索菲使用了一切可能的手段去规范伊丽莎白的生活。

每一个年轻的皇后一开始都是不服输的。热爱自由的伊丽莎白自然开始了和整个体制的抗争。剧情从伊丽莎白开始学会和丈夫谈判变得让人心痛起来。她学会了威胁：如果需要我一同出访匈牙利，那就把孩子还给我。她甚至学会了享用特权：在百般无聊的日子里，她用牛奶泡澡，保持肌肤美丽。而此时，

街头的民众已经在饥饿之中，整个王朝在摇摇欲坠之中。

荧屏上播放的后宫故事总是重复着一样的故事，清纯如莲花的少女进入深宫，为她的善良和信任付出了各种沉重代价，入狱，被打入冷宫，流产甚至差点儿丧命，最后不得不为了生存升级为腹黑的权谋高手，把当初别人算计她的手段十倍奉还回去。在社会学上，这是将规则和体制内化的一个过程。成为皇后，意味着成为这种规则的代言人。伊丽莎白的悲剧，在于她最后不想代言这个体制，于是选择了远离皇宫，到处旅行，甚至在儿子深陷政治危机时也不愿出手相救。她没有意识到，做皇后也是个需要投入百分之百的时间和精力的工作，需要把全部的生命抵押在上面，才可能在庞大如一条巨龙的王朝上站稳脚跟。武媚娘的胜利，来自她终于完全掌握了权力的游戏，并炉火纯青地在皇后的位置上娴熟运用规则，无论她的朋友还是她的敌人，都在同一个棋局中，落子无悔，愿赌服输。

伊丽莎白不愿像僵尸一样活着，也不想成为权力的代言人。伊丽莎白因为她的骄傲而出局，她在日内瓦遇刺,死去时甚至觉得是种解脱。而在《武媚娘传奇》中，最后登上皇帝宝座的武则天是权力游戏中的胜利者，但她付出了最昂贵的代价。

  仔细看了范冰冰这一版《武媚娘传奇》，记得里面有一幕是她随着皇帝李世民去骊山骑射。皇帝和皇子们骑在马上，箭筒中是包上了红布的箭。身手非凡的士兵们假装是猎物，被这些皇家子弟们逐射，被射中的人就出局。在这群男人的游戏中，武媚娘被邀请入局，皇帝给了她马，也给了她箭，这便是给了她"play the game（玩游戏）"的权利。一直觉得这是个隐喻，她被象征性地给予了在马上骑射的权利，而不是被追逐和被骑射的命运。后来的剧情发展也正是如此。她不再被动地成为目标，而是主动拉弓出击。即使牺牲她的善良和纯真，观众依然希望她胜利。

  忽然想起2014年上映的文艺电影《黄金时代》，里面的主角是民国时期的女作家萧红，她一生颠沛流离，被穷苦和病痛折磨着，三十来岁就去世了。和这些皇后的辉煌一生相比，萧红简直是个失败者，可是她有着这些皇后向往一生的自由。她说："我不能决定怎么生，怎么死。但我可以决定怎样爱，怎样活。"她不在马上骑射，也不在丛林里被骑射。她置身事外，完全不在这个权力世界的惧局之中，于是，她获得了真正的自由。

宇野千代的人生幸福论

◇唐辛子

宇野千代是个幸福的女人。

年轻时千代只有一件和服，晚上打工回家后，将那件和服撑起来去除汗味，好第二天接着穿。穷得买不起鞋，又舍不得花钱买电车票，于是每天光脚步行去东京市区打工。大冬天穿一件单衣和服，光着一双脚沿着铁轨迎着早晨的太阳朝前走，地面上的沙砾有些硌脚，不过千代不在乎。她朝呼啸而过的电车兴奋地挥手，感觉很幸福——在她的家乡岩国，可是看不到电车的。

后来千代结婚了，和做银行小职员的丈夫一起生活在札幌的一间出租房里。千代没日没夜地缝制和服，用赚来的钱购置了一幢二十年的旧房——光秃秃的地面上长出了杂草，连一张榻榻米也没有。不过千代依旧感觉好幸福：哎呀！总算拥有属于自己的家了！千代继续缝和服赚钱，赚到一点儿就去购置一张榻榻米，然后自己动手铺上。慢慢地，有两个房间铺上了崭新的榻榻米草席，千代将其中一间租了出去，感觉好幸福。

不过，这样赚钱的方法实在太慢了，怎样可以赚得多一点儿呢？千代无意中在报纸上看到一则征文启事，获得一等奖就可得到巨额奖金，她兴奋得当即搁下正在缝制的和服，铺开纸笔动手写小说。千代的第一篇小说《脂粉之颜》就这样粉墨登场，获得《时事新报》小说征文一等奖。拿到巨额奖金的千代，

做的第一件事就是抓着大把钞票去以前经常典当物品的当铺炫耀:"看到了吗?我现在是有钱人了,再也不必来这儿典当东西了!"

成为新人作家的千代在东京遇到了另一位新人作家尾崎士郎,四目相对,共坠爱河。于是千代将札幌那幢榻榻米还没铺完的旧房子和银行小职员丈夫,一股脑儿全抛弃了。在东京郊外的马达村,千代和士郎买下了一块萝卜菜地中间的一间旧杂屋,将它改建成两个人的爱巢。马达村又称"文士村",聚居着许多文人和艺术家,贫穷是他们共同的气质。千代在文士村的家,就在川端康成家隔壁,一到做饭时,要么是川端太太到千代家借酱油,要么是千代到川端家借米。这样幸福、贫穷地生活了一段日子之后,尾崎士郎在某日离家后一去不返。失恋的千代一个人关起门在家哭得捶胸顿足,哭得翻江倒海——千代将这种哭称为"失恋体操"。

千代不久就遇到殉情未遂的画家东乡青儿。第一次见面,千代便在东乡青儿家里住下。后来,东乡青儿与前恋人重归于好,千代再次失恋了。不过这次千代没再做"失恋体操",因为她遇到了比自己小十岁的记者北原武夫。千代每天去报社给北原武夫送饭,她做饭的手艺,可不是吹的,为了能每天吃到她做的饭，北原武夫和她结婚了。两个人在东京帝国饭店举行盛大婚礼后，千代办了日本第一本女性时尚杂志 STYLE（《风格》）。那段时间千代的事业真是风生水起，光是数钱都数得双手失去知觉——实在是太有钱了！千代幸福得连死的心情都有了。

不过千代很快就从幸福得要死的心情里活了过来——丈夫北原武夫出轨，STYLE 因偷税漏税被查并宣告破产。一夜之间，千代变得一无所有债台高筑，直到 67 岁那年才悉数还清债务。债务还清那天，她收到了 57 岁的北原武夫送来的离婚协议书。千代一笔一画仔细地在离婚协议上签了字，然后在自己的专栏撰文《分手也很幸福》。

"分手也很幸福"的千代，60 岁之后开始步入人生收获期：60 岁那年，她的经典爱情名作《阿娴》获得第十届野间文艺奖；75 岁，获得第 28 届艺术院大奖；77 岁，获得天皇亲自授予的勋三等瑞宝文化勋章；85 岁，获得第 30 届菊池宽文学奖；86 岁，出版《活着的我》，连登人气畅销书排行榜榜首；93 岁，获得日本文部科学大臣评定的"日本文化功劳者"称号。千代 98 岁去世，日本政府为她追授勋二等瑞宝文化勋章。

从 1897 年到 1996 年，宇野千代在这个星球上度过了 98 年的幸福人生。在东京南青山梅窗院，后人为宇野千代建了一座纪念碑，纪念碑上刻着她的人生幸福论——"用幸福呼唤幸福"。

餐馆里的哲理课

◇倪 涛

在南非开普敦伍德斯托克市区一个不起眼的角落，有一家名为"星尘"的剧场餐厅。这家经营地中海菜肴的餐厅在全球知名旅行社区"猫途鹰"网站上，常年被游客评为开普敦地区最受欢迎的餐厅之一。餐厅内，除了整齐排开的餐桌和餐椅外，一个10平方米左右的舞台简单却不失大方，音响、灯光、乐器一应俱全；屋顶上，一台倒挂的钢琴和粘贴在屋顶的五线谱及各类音符为整个餐厅营造出了浓厚的音乐氛围。

用餐时可以欣赏到艺术表演的餐厅不算稀奇。不过，我还是充满了期待：会是什么样的一群艺术家来这里表演呢？

晚上7点，入座后不久，一位漂亮的服务生过来跟我和同桌的朋友寒暄。他自我介绍说叫莎莉萨，确认了我们点的餐后便开始摆放前餐所用的餐具。言谈举止中，一股超乎寻常的自信和灵气吸引了大家的目光。仔细观察，其他服务生大多也在二十岁上下，青春靓丽是他们的共同特点，这似乎也成了餐厅里的一道"风景线"。

直到晚上8点，当莎莉萨拿着话筒，走上舞台，用一首欢快的英文歌曲点燃了整个餐厅的热情后，我才明白，一直等待的"艺术家"们原来就是身旁的这群服务生。从前餐到正餐，再到甜点，十来名服务生轮番上阵，他们表演了风格迥异的独唱、合唱、乐器演奏和舞蹈等。尽管表演会让前餐、正餐和甜点之间的间隔时间拖长，但饥饿的肚子已经完全被精彩的表演"驯服"，人们没有丝毫怨言。

餐厅经理利夫特尔告诉我，这些服务生几乎都是专业院校的在校生或毕业生。在这里工作，他们首先需要通过表演面试，之后，餐厅会有两周左右的培训，包括熟悉电脑操作系统、菜单等。对于这些普遍具备高学历和表演才艺的优质服务生，餐厅也会充分尊重每一个人的服务风格。比如，22岁的埃文目前是开普敦大学法律系的研究生，他已经在"星尘"餐厅工作了4年。他出过唱片，拿过本土音乐奖项，目前还有自己的乐队。23岁的马瑟尔也曾是开普敦大学心理系的一名学生，不过他为了追求音乐梦想而休学。前一分钟，他们还在厨房和过道奔波，忙着为客人送餐；下一分钟，他们已经站在聚光灯下，在舞台上绽放着各自的魅力。舞台上，他们是受人崇拜、吸引人眼球的未来之星；舞台下，他们是迎客上菜的服务生。角色快速转换，他们没有任何的不适感，台上与台下的笑容同样令人心怡。

马瑟尔告诉我，在刚进入餐厅时，特别是在7点到8点之间表演还没有开始的时间里，有些第一次来的顾客以为他只是普通的服务生，有时因为等待表演时间较长有些情绪，这使他在自我"身份"的认同上一度出现挣扎。但每次当他上台表演完毕后，这些顾客的态度会有很大的转变。时间一长，这点儿不适也转变成了他非常享受的地方。靠自己的才艺赢得别人的尊重，这让他倍感自豪。埃文告诉我，每一个人在人生旅途中都会经历高峰和低谷。一个放不下身段的人，是很难成为生活中的强者的。

我离开时，发现餐厅的招牌"星尘"在屋外的墙上格外显眼。"星星"的光芒与"尘土"的黯淡，一个令人瞩目，一个被人无视。这也就像是人在生活中会碰到的两种状态：成功或平淡。但这或许都不是最重要的，关键是要以平常心享受生活。"星尘"之行，不只是一次就餐经历，还是一堂意料之外的哲理课。

幸福的境界

◇张小娴

在《世纪末之诗》的终结篇，已经走到人生尽头的老教授说："有所爱的人，有吃的东西，有睡觉的地方，便是幸福。"

这句话的次序也许应该倒转一下：有吃的东西、有睡觉的地方、有所爱的人，便是幸福。

先要温饱，我们才有力气去追求爱情。基本需要得到满足，也找到了爱情。那么，我们最终追求的，是自我实现。爱情并不是终极的理想。有一天，我们能够为理想而舍弃爱情，同时也尊重我们所爱的那个人为理想而离开，这是最幸福的境界。

什么是幸福？你的幸福和我的幸福是不同的。

彼此相爱，你的幸福便是我的幸福。

一天，我们分开了。你的幸福，说不定是我的遗憾。我的幸福，也许是你的痛楚。幸福是相对的。我们跟别人比较，跟从前的自己比较。

老教授说："爱是荒废的灵魂遇到幸福的邂逅。"

这句话也应该倒转过来吧？幸福是荒废的灵魂遇到爱的邂逅。

我和你，谁比谁更幸福呢？幸福是没有形态的。幸福是一种境界。

你要学会看见爱

◇刘　墉

一天下午，走进书房的时候，赫然发现四只大虫站在我的桌上，它们一动也不动，却张牙舞爪地像"星际大战"电影里的怪犬一般，近看原来是四只蝉蜕下来的干壳。

"是谁放这许多脏东西在我桌上？"我心里想，要喊没喊出来，脑筋一转，不可能是你母亲或你，因为你们没有这种闲工夫；当然更不可能是你妹妹，她没有这份胆量。于是我赶紧把到嘴边的话收回来，改口叫道："哇！棒极了！多完整的蝉壳啊！"

说着，就见你祖母笑嘻嘻地走来。"是啊！我以前看你柜子里有一个，知道你收集，所以在院子里看到，就捡回来给你！"八十四岁的老人家，笑得像小孩儿一样天真。她岂知道，在台北这固然稀奇，但是在我们的院子里，只要到树干高处，能一下子找几十个呢！

你或许要问我为什么不明讲，但是你可曾想到，那四个平凡的蝉壳里，有老人家多少爱？当她听到我的赞叹，又是多么高兴！

记得我以前画室的墙上，总挂着几张儿童的涂鸦吗？我为什么挂？因为那是一个学生的小女儿送我的。学生每次来，看见她女儿的画被放在最醒目的位置，都兴奋得不得了。隔几个星期便拿来一张新的作品，说："现在我的小孩儿又

进步了,换张新的给老师!"

于是你要笑我假了!但什么是假?什么是真?我觉得这世上最真的莫过于关心。我这样做,是表示我欣赏那孩子的情,也唤起了她妈妈的爱,我时时得到新的情爱,又提高了孩子画画的兴趣,不是比什么都真吗?

相信你一定不记得。当你妹妹刚会走路的时候,有一次在院子里拔了一朵蒲公英花给你,你接过来,哼一声就甩了。妹妹又一扭一扭地摘了一朵送给你妈妈,妈妈高兴地喊:"好漂亮的小黄花!谢谢!谢谢!"并插在头发上。请问,从那之后,妹妹还摘过花送你吗?而你母亲则总在不同地方夹着小小的蒲公英花。

这世上任何人,不论八九十岁的老人家,或刚学步的幼儿,都有着满满的爱,都会因那付出的爱得到回响而兴奋,也可能因为反应的冷漠而受到伤害。我们更可以说,每个人都在随时接收与传递爱的消息,许多看来无意义的举动,却可能含有很深的意义!

大学时,一次全班出游,有位男同学攀到岩壁上摘了一大把小草花送给女同学们。几个月之后,那位男同学对我说:"我发现自己可能要恋爱了,不是我主动要去爱她，是她使我不得不爱她！"看我不懂，他继续说，"前天校庆，女生宿舍开放，我也去参观，你知道我看到了什么感人的画面吗？我在那女生的床上看到一个玻璃盒子，里面摆了一把又黄又黑的干草。我起初很好奇，注意看，才发现居然是我好久之前分给她的那一把小草花……"

后来，他们真恋爱了！

你说，那把小草花，不就是"爱的消息"吗？而人们最容易受到感动的，正是在自己平凡的表现中，所获得对方的关注。因为若没有心，没有爱，谁会去注意别人的小动作呢？

有位政界非常著名的机要秘书，她的学历不高，外文也不强，却成为大家争聘的对象。因为她跟什么人，什么人在政坛就做得顺。听来确实有点儿近于迷信，但你知道她最大的长处吗？她私下对我说："从政的人，日理万机，不可能注意别人的琐事。而我在主管每次出去应酬之前，都会提醒他，当天可能遇见哪些人，而那些人于公于私，最近发生了什么事。我甚至为他写个便条，在车上再复习一遍。"

于是，虽然久未碰面的朋友，他也能立刻亲切地问候对方的近况。譬如"新添的小外孙如何？儿子快结婚了吧？听说尊夫人刚欧游归来！您在某报发表的那篇文章好极了！"于是人人觉得自己被他关心，更惊讶于他的消息之灵、记忆之强，他当然受大家欢迎，事情也做得顺！

听了这许多，你觉得他们假吗？其实一点儿也不！只要你有心去注意、去记忆、去表现，就不假！那是关心！而关心总能得到相等的回馈！